K. Reither

Erinnerungen, den Zöglingen des königl. Katholischen SchullehrerSeminars zu Speyer zur Feier des fünfundzwanzigjährigen Jubiläums dieser Anstalt gewidmet

Antigonos

K. Reither

Erinnerungen, den Zöglingen des königl. Katholischen SchullehrerSeminars zu Speyer zur Feier des fünfundzwanzigjährigen Jubiläums dieser Anstalt gewidmet

Unveränderter Nachdruck der Originalausgabe von 1864.

1. Auflage 2024 | ISBN: 978-3-38637-330-2

Antigonos Verlag ist ein Imprint der Outlook Verlagsgesellschaft mbH.

Verlag: Outlook Verlag GmbH, Zeilweg 44, 60439 Frankfurt, Deutschland, info@outlook-verlag.de
Vertretungsberechtigt: E. Roepke, Zeilweg 44, 60439 Frankfurt, Deutschland
Druck: Libri Plureos GmbH, Friedensallee 273, 22763 Hamburg, Deutschland

Erinnerungen,

den

Zöglingen des königl. katholischen Schullehrer-Seminars

zu Speyer

zur

Feier des fünfundzwanzigjährigen Jubiläums dieser Anstalt

gewidmet von

A. Reither,

bischöfl. geistl. Rathe und königl. Seminar-Inspector.

Speyer im October 1864.

Speyer.

Verlag von A. Bregenzer's Buchhandlung.

1864.

Druck von Daniel Kranzbühler in Speyer.

I.

Jubiläum.

Am 4. November 1839 wurde das königliche katholische Schullehrer-Seminar zu Speyer eröffnet.

Am Schlusse des eben beendigten Jahres 186¾ feiert also diese Anstalt den Abschluß einer Periode von fünf und zwanzig Schuljahren. Wie von selbst bietet sich hier ein Ruhepunkt für die Geschichte der Anstalt, der zur Betrachtung ihrer Vergangenheit auffordert und geeignet ist, sowohl den Lehrern als den Zöglingen, und wohl auch allen Freunden derselben manche bedeutsame Er- innerung zu gewähren. Ueberdieß wird dieser Zeitpunkt nicht nur für dieses unser Seminar, sondern auch für alle anderen Semina- rien Bayerns eine neue Periode einleiten, weil mit demselben eine Reorganisation dieser Anstalten zusammen fällt, die in ihrer Haupt- sache, wonach der zweijährige Cursus zu einem dreijährigen er- weitert wird, bereits festgesetzt und beschlossen ist. Das 25jährige Jubiläum des Seminars schließt also nicht nur zeitlich, sondern auch sachlich eine Hauptperiode seiner Geschichte.

Seit der Gründung des Seminars als Lehrer und Präfect, und seit 19 Jahren als Vorstand desselben thätig, fühle ich mich gedrungen, gegenwärtige Aufzeichnungen meinen Schülern so wie auch den übrigen Lehrern als eine Festgabe zu weihen. Ich wünsche denselben damit einen neuen, wenn auch nur geringen Beweis meiner Liebe zu geben, um so mehr, da sie, von ihrer Seite, mir darin zuvorgekommen sind. Es haben sich nemlich am 27. September l. J. eine große Anzahl meiner Schüler nebst anderen älteren Lehrern aus allen Gegenden der Pfalz dahier versammelt, und mir in Vereinigung mit meinen Collegen und Freunden, dem

Präfecten und den übrigen Lehrern am Seminar zu meinem Lehrer-jubiläum ein erhebendes Fest bereitet. Der Ausdruck ihrer Glückwünsche, ihrer Liebe und Theilnahme, dargebracht in einer glänzenden Versammlung, documentirt durch eine nach Inhalt und Form wie in kalligraphischer Ausführung gleich ausgezeichnete Adresse und begleitet von einem Festgeschenk, einem Oelbild von J. Schraudolph, welches den großen Fischzug nach Joh. XXI. darstellt, war so erhebend, daß ich nach einer durch den Augenblick gebotenen Einleitung in meiner Erwiederung ungefähr folgende Worte sprechen konnte:

„Es erhebt mein Herz in freudigem Hochgefühle, wenn ich denke, mein Lehrer-Jubiläum ist Ihnen, liebe Berufsgenossen, nur eine willkommene Veranlassung und günstige Gelegenheit dazu, Ihre Gesinnungen und Ihr Streben in dem großen Berufe der Jugenderziehung zu kennzeichnen und zu bekennen. Was ich im Seminar, ich sage besser, was das Seminar erstrebte, — denn alle Seminarlehrer handelten stets in Einem Geiste, das wollen Sie anerkennen und damit sagen: auch wir bekennen uns zu dieser Aufgabe und zu diesem Geschäfte: — es ist die Erziehung der Jugend unter Festhaltung des ewigen Berufes des Menschen; es ist die freudige Entwickelung der geistigen und körperlichen Anlagen der Kinder und die Richtung und Heiligung derselben zu ihrem höchsten Ziele. Rettung der Seelen vom Verderben und Bewahrung der Jugend vor Verirrung, Vervollkommnung derselben für das Reich Gottes ist der Zweck, — aller Unterricht und alle Zucht, alle Kenntnisse und Fertigkeiten, alle Weisheit und Geschicklichkeit sind dazu nur die Mittel. Wir Lehrer sind Mitarbeiter an dem Werke. Wir helfen in den Herzen der Kinder den Boden bereiten, damit das Wort der ewigen Wahrheit um so leichtern Eingang finde; wir helfen mit, sie geschickter und tüchtiger zu machen, damit der von Gott und seiner heiligen Kirche ausgestreute Saamen um so reichlichere Früchte trage. Wir vergessen dabei nicht, daß die Kraft dazu für uns und unsere Schüler von oben komme, von Dem, der die Menschen zu geistigen persönlichen Wesen erschaffen und denen er sich persönlich genahet, zu denen er sich in Liebe und Barmherzigkeit herabgelassen hat. Die Kraft zum Ge= deihen geht aus von dem, auf dessen Wort die Jünger das Netz auswarfen und den reichen Fischzug gethan haben. Das ist es, was wir immer bekannt haben: der innerste Kern der Er= ziehung ist die religiöse Bildung. Das bekennen Sie auch heute.

„Wir haben dabei die feste Ueberzeugung, daß bei diesen höheren Bestrebungen kein Stillstand oder gar Rückschritt in anderer Beziehung eintrete und daß die Interessen des zeitlichen, irdischen, bürgerlichen Lebens nicht vernachlässigt werden. Im Gegentheil, frisch und freudig sollen die Kräfte sich entwickeln, reich die Talente sich entfalten, verständig und geschickt soll die Jugend werden, dann wird auch des Guten viel, das diese — in der Furcht und Liebe des Herrn stehend — zu wirken vermag.

„Wir wissen aber auch, daß ein religiöses Leben nur besteht und gedeiht als ein kirchliches Leben. Und gleichwie wir den Vorwurf derjenigen zurückweisen, welche sagen, daß mit einer religiösen kirchlichen Erziehung die Interessen des natürlichen Lebens sich nicht vereinigen lassen, so widerstehen wir auch den Bestre= bungen jener oder vielmehr derselben Pädagogen und Demagogen, welche die Verbindung der von Gott bestellten Erziehungsfactoren zerreißen, und durch dieses Mittel dem positiven Christenthume entgegen wirken wollen. Nicht abstoßen sollen sich das elterliche Haus, die Kirche und die Schule beim Werke der Erziehung, sondern in innigster Eintracht zusammen wirken. Keines dieser Institute kann des andern entbehren, und der Ruin des einen wäre auch der Ruin der andern. Ich weiß, daß Sie solche Ausschreitungen nicht billigen und das Geschwätz gewisser Tagesblätter sich nicht zur Richtschnur nehmen. Wir lassen die Kirche im Dorfe, und die Schule dabei an ihrem Platze stehen. — Doch hierüber jetzt nichts weiter. Ein anderer Gedanke drängt sich mir noch auf.

„Es ist bekannt, daß heutzutage für den Lehrerstand sehr viel geschieht, — in der Pfalz, und in Bayern überhaupt, wahrlich nicht am wenigsten. Die Folgerung, die wir daraus ziehen, ist nicht die, daß wir uns eine hohe Meinung bilden von den Verdiensten, die wir bereits erworben hätten, sondern daß wir die Anforderungen steigern, die wir an uns selber stellen. Aber nicht erst durch den äußern Antrieb soll es mit unserm Wirken besser werden, sondern durch den Antrieb, der von Innen und der von Oben kommt. Die heilige Liebe zu unserm Berufe soll uns durchglühen; der Gedanke, mitzuwirken zu einer tüchtigen Heranbildung der Jugend, auf welcher das Glück der kommenden Generation beruht, soll uns Aufschwung geben; Christus, der da ist der Weg, die Wahrheit und das Leben, soll in unsern Herzen leben, — dann werden wir Weisheit und Kraft finden, mitzuarbeiten an dem großen Fischzuge, der durch die Weltgeschichte hindurch geht und unter unserer Mitwirkung insbesondere die Kleinen dem Reiche Gottes zuführt. —

„Die Hoffnung, daß solche gute Bestrebungen unter uns im Wachsen sind, haben Sie heute, verehrte Herren, in mir bekräftigt. Ich danke darum Gott von ganzem Herzen, der mich diesen Tag erleben ließ; ich danke auch Ihnen, die Sie mir eine so große Freude bereitet haben, für Ihre Liebe, für Ihre Theilnahme, für Ihre Pietät und versichere Sie, daß, so wenig das Andenken an diesen Tag, der eine Hauptepoche in meinem Leben bildet, aus meinem Gedächtnisse erlöschen wird, ebenso wenig erlöschen wird in meinem Herzen mein Dank und meine Liebe.“

Mit der erhebenden Seite dieser Feier verband sich die heitere und freudige bei dem darauf folgenden Mittagmahle, wo sich dieselbe in patriotischen, dann in andern theils ernsten theils launigen Trinksprüchen und Gesängen in herzlichster Weise kundgab.

II.

Confessionelle Seminare.

Bis zum Jahre 18^{39}/$_{40}$ erhielten die Schullehrlinge aller Confessionen ihre nähere Ausbildung zum Schulamte in dem gemeinschaftlichen Lehrer-Seminare zu Kaiserslautern. Eine große Anzahl der noch jetzt wirkenden Lehrer, viele sehr achtungswerthe Männer, sind aus dieser Anstalt hervorgegangen.

Wie kam es nun, daß dieses gemischte Institut aufgelöst, als protestantisches Seminar neu organisirt und ihm zur Seite zu Speyer ein katholisches errichtet wurde?

Aktenstücke, woraus eine Antwort auf diese Frage geschöpft werden könnte, sind mir nicht zur Hand. Indessen kann auch ohne solche, wie mir scheint, eine genügende Beantwortung erfolgen. Allgemein Bekanntes, so wie die Natur der Sache erklären den Vorgang.

Zu jener Zeit, und so bis heute, betrug die Normalzahl der Schüler eines jeden Cursus, bei den Protestanten gegen 40, bei den Katholiken gegen 30 — zusammen gegen 70 Zöglinge für jeden der beiden Seminarcurse. Nun ist es recht gut möglich, vor einer solchen, wie auch noch weit größeren Anzahl von Schülern als Zuhörern, Vorträge zu halten; aber nicht möglich ist es, mit solchen Cursen den vorgeschriebenen Unterrichtsstoff in praktischer Weise zu verarbeiten, mit den Schülern die nöthigen Uebungen vorzunehmen und sie in gehöriger Weise zum Schulhalten zu befähigen. Wer die durchschnittliche Vorbildung der Schullehrlinge kennt und einen Begriff hat von der Aufgabe des Seminars nur hinsichtlich des Unterrichtes, der muß es wohl zugeben, daß zu der hier in Rede stehenden Zeit entweder die Errichtung eines zweiten

Seminars oder doch wenigstens die Errichtung von Parallelcursen in dem einen Seminare mit Verdoppelung der Lehrkräfte nothwendig geworden war. Die Anforderungen, die man an die Schulen und somit an die Lehrer stellte, wuchsen, und in demselben Maße wurde jene Nothwendigkeit dringlicher.

Aber nicht nur die Zwecke des Unterrichtes, sondern auch die der Erziehung im engeren Sinne des Wortes, machten es wünschenswerth, daß die Anzahl der Zöglinge nicht zu groß würde. Dem Vorstande und den Lehrern muß die Möglichkeit einer speziellen Leitung der Zöglinge verbleiben. Der persönliche Verkehr zwischen Lehrern und Schülern muß hauptsächlich die Bildung der letzteren befördern. Bei zu großer Anzahl der Zöglinge ist das nicht mehr möglich. Das väterliche Verhältniß, in welchem Erzieher zu den Zöglingen stehen sollen, wird dann nur zu leicht in ein militärisches oder polizeiliches umschlagen.

Bei dieser Lage der Sache mußte die Frage wie von selbst auftauchen, ob es nicht zweckmäßiger sei, das eine gemischte Seminar aufzulösen und dafür zwei confessionelle zu errichten? Ob noch andere Ursachen zu dieser Frage Anlaß gaben, ob bestimmte besondere Zustände oder Vorkommnisse dieselbe nahe legten, das weiß ich nicht, und kann ich auch nicht untersuchen. Mein Collège, Herr Seminar-Inspector Petersen von Kaiserslautern, bemerkte unlängst, gewissen Lobsprüchen, die über die damaligen Zustände laut wurden gegenüber, „daß einerseits Aktenstücke vorliegen, andererseits Zeugnisse aus dem Munde des competentesten und zuverlässigsten Zeugen aus jener Zeit des gemeinschaftlichen Seminars der Pfalz, aus denen hervorgeht, daß das Verhältniß beider Confessionen keineswegs ein so harmlos idyllisches dornenloses war, wie man es auszumalen sucht." Genug, die Frage wurde gestellt und von maßgebender Seite dahin entschieden, daß es besser sei, für jede Confession ein eigenes Schullehrer-Seminar zu haben. Man hielt es damit, wie mit den Elementarschulen in den confessionell gemischten Gemeinden. Ist es thunlich, daß für die Kinder einer jeden Confession besondere Schulen errichtet und erhalten werden, so geschieht es; ist es nicht ausführbar, so behilft man sich mit einer gemeinschaftlichen Schule.

Diese Praxis findet nun heutzutage bei vielen keinen Beifall. Diese wollen confessionell gemischte Schulen (Communalschulen) und folgerichtig auch dergleichen Lehrer=Seminare. Die Schüler solcher Anstalten, sagen sie, lernten sich mit einander vertragen, mit ein=ander friedlich leben, sich lieben. Confessionelle Schulen dagegen erzeugten Hader und Zwietracht, Religionshaß, Intoleranz, machten die freie Entwickelung der Jugend zur vollen Kraft unmöglich, hielte sie in geistiger Beschränktheit gefangen u. s. w. Manche Freunde der Communalschulen mögen bei solchen Urtheilen von einem Gefühle geleitet werden, das ihrem Herzen Ehre macht und das wir anerkennen müssen. Sie schauen vielleicht unsere Zustände an, wie die Besten unter uns, zu welchen gewiß ein großer Ge=lehrter unserer Tage zu zählen ist, der in wahrer und ergreifender Weise sie also schildert:

„Uns (Deutschen) allein unter allen Völkern ist das Geschick widerfahren, daß das scharfe Eisen der Kirchentrennung mitten durch uns hindurchgegangen ist, und in zwei fast gleiche Hälften uns zerschnitten hat, die nun nicht von einander lassen und doch auch nicht recht mit einander leben können. Zwei Hälften, die sich in des Herzens Tiefe nach Wiedervereinigung sehnen, weil sie den Fluch dieser Spaltung bei jedem Schritt und Tritt, in jedem Puls=schlage des nationalen Lebens empfinden, die sich lieben und sich hassen, sich befehden und sich die Bruderhand reichen. Es ist ein dunkler Schatten, der von dort an auf unsere Geschichte gefallen ist. Als Nation siechen wir wie der vom vergifteten Pfeile ge=troffene Philoktet an dieser fort und fort eiternden Wunde." *)

Nun ist es gewiß richtig, daß diese Wunde übler wird, wenn man fortwährend daran rüttelt; aber eben so richtig ist es auch, daß das Heilmittel für dieselbe nicht darin besteht, daß man sie zudeckt und ignorirt. Diese Wunde hat Lebensorgane ergriffen, so

---

*) Döllinger, Rede über Vergangenheit und Gegenwart der katholischen Theologie.

daß ein Nichtbeachten derselben die Zerstörung des religiösen und in Folge davon auch des nationalen Lebens herbeiführen müßte. Der Wille, die Einigkeit und Einheit herbeizuführen, die Sehnsucht darnach ist eine Hauptbedingung zur Wiedergewinnung des ersehnten Gutes, und ist hoch zu achten und zu ehren; aber das Vertuschen und Ignoriren ist nicht das Mittel dazu. Ein negatives Princip als wie Ignoriren und Protestiren kann wohl ein religiöses Leben und die Einigkeit schützen helfen, nicht aber diese Güter, wenn sie fehlen, gewähren. In dem hier besprochenen Punkte haben wir es jedoch nicht sowohl mit dem Gegensatz zwischen Confession und Confession zu thun, als mit dem Gegensatz des Rationalismus und religiösen Liberalismus gegen jede Confession. Die Stimmführer dieser Richtung waren es vorzugsweise, welche fortan die Errichtung der confessionellen Seminare tadelten. Auf katholischer Seite indessen gab sich hiebei fast durchgängig das Gefühl der Befriedigung kund, um so mehr, da es kein Geheimniß war, daß ein Mann, auf den die Pfalz stolz ist, der bald darnach berufen wurde, anderwärts in höchst einflußreicher Stellung das Werk der Einigkeit und des Friedens zu vollbringen, damals als Oberhirt der Speyerer Diöcese das Gewicht seines Ansehens und Einflusses nach oben dafür einsetzte, um ein katholisches Schullehrer=Seminar nach Speyer zu bringen. Diesem Mann, dem unlängst verewigten Erzbischof von Cöln, Carbinal Johannes v. Geissel, war es keineswegs darum zu thun, eine confessionelle Spannung hervorzurufen oder zu vermehren, sondern einzig und allein den angehenden Lehrern eine mit weniger Gefährdung und mit weniger confessioneller Spannung verknüpfte religiöse Erziehung zu gewähren, wozu ein nicht gemischtes Seminar, das mit der Entfaltung des kirchlichen Lebens an der Cathedrale in Beziehung gesetzt werden sollte, mehr Mittel und Gelegenheit darbot, als das bisherige gemeinschaftliche.

Beide Seminare bestehen nun schon seit 25 Jahren in ihrer Trennung. Ich konnte seitdem nie und nirgends die Wahrnehmung machen, daß die Lehrer, die daraus hervorgingen, einen

Geist der Unverträglichkeit oder des Fanatismus angenommen hätten. Von Seiten der oben bezeichneten Richtung werden zwar manchmal solche Behauptungen ausgesprochen; aber einen Beweis dafür habe ich noch nicht gefunden.

Es wird vielleicht von Nutzen sein, hier mit einigen Sätzen anzudeuten, wie in dem katholischen Schullehrer-Seminare das Verhältniß der Katholiken zu den religiös und confessionell von ihnen getrennten Mitchristen und Mitmenschen aufgefaßt wird.

Alle Menschen ohne Ausnahme stehen unter dem gleichen Schutze der göttlichen Gebote.

Gegen Alle haben wir nicht nur die sogenannten Rechts- pflichten zu erfüllen, sondern es ist auch geboten, keinem Einzigen eine Liebespflicht zu verweigern, wie solches von unserm Heiland so schön und klar gelehrt wird.

Wo wir ein ernstes Streben nach Wahrheit, wo wir eine Ueberzeugung und ein Bekenntniß dieser Ueberzeugung sehen, da müssen wir diese, aus Gründen des Rechtes und der Sittlichkeit, respectiren; gleiche Achtung verlangen wir für unsere Glaubens- Ueberzeugung und für unsere äußere Religionsübung oder unser Bekenntniß.

Je näher uns Einer steht im Glauben, desto mehr freuen wir uns desselben.

Wer aber eine Ueberzeugung gar nicht hat, oder solche in Religionshandlungen nicht bekennt und sie also eigentlich selbst nicht achtet, der kann uns nicht freuen.

Weit ab von uns stehen diejenigen, welche im Namen der Vernunft die Offenbarung Gottes verwerfen. Der Mensch hat nach unserer Anschauung nicht die Vernunft, um alles Höhere, Uebernatürliche entbehren zu können, sondern er besitzt diese Gabe, um durch dieselbe fähig zu sein, die Offenbarung und gnädige Herablassung Gottes zu empfangen, in der Natur das Sinnbild des höheren Lebens zu schauen und in der Gnade die Kraft des- selben aufzunehmen. Nur den vernünftigen Geschöpfen kann man das Evangelium predigen.

Aber auch die Ungläubigen müssen im Leben ihre Freiheit haben.

Diese Sätze bringen nichts Neues, insbesondere meinen Schülern nicht; sie mögen bei diesen nur manche Gedanken wach rufen, und ihnen die Zeit des Seminar=Unterrichtes im Geiste vergegenwärtigen. Klare Erkenntniß der katholischen Lehre und genaues Hervorheben der Differenzen, welche zwischen ihr und den übrigen Confessionen bestehen, hindern nicht, auch darauf den gehörigen Nachdruck zu legen, was alle christlichen Confessionen glücklicherweise noch mit einander gemein haben. Die Betonung dieses Theils des Unterrichtes ohne Vertuschung der Lehrunterschiede kann und muß noch erfreuliche Früchte tragen.

Mögen beide Seminarien, wie sie bisher gethan, fortfahren zu wetteifern in der Förderung jeder Tugend und tüchtiger Berufsbildung, dann werden beide Anstalten in ihrer Trennung und bei freier Bewegung zum Frieden, zur Verträglichkeit und künftigen Einheit mehr wirken, als wenn sie zusammengezwängt wären unter einem Dache.

III.
Localitäten.

Die äußere Einrichtung einer Lehr- und Erziehungsanstalt, wozu die Localitäten, das Mobiliar und der Apparat, sowie die Verpflegung der Zöglinge gehören, ist so wichtig für das Wirken der Anstalt und hängt so innig mit ihren Leistungen zusammen, daß bei einem belehrenden Ueberblick über den nun abgelaufenen Zeitraum der Geschichte unseres Seminars vor Allem auf diese Dinge ein Augenmerk zu richten ist.

Bei der Errichtung des Seminars handelte es sich natürlich zunächst um das Seminargebäude; bei der Gewinnung desselben aber um die dazu nothwendigen Mittel. Die Beschaffung der letztern hatte ihre Schwierigkeiten, weil die Seminare damals noch Kreisanstalten und die Vertreter der Kreisgemeinde in ihrer Mehrheit der Errichtung confessioneller Seminarien nicht geneigt waren. Dieser Umstand bereitete sowohl der Errichtung des Seminars als auch jeder Verbesserung desselben, deren Ausführung Geldmittel erheischte, fast unüberwindliche Schwierigkeiten. Es mußte daher im Anbeginn bei der Anschaffung aller Dinge als Grundregel festgehalten werden: Nur so wohlfeil als möglich! Zum Seminargebäude wurde ein Privathaus erwählt und gekauft und die Räumlichkeiten desselben dem Zwecke des Seminars, so gut es ging, angepaßt. Es ist dasselbe Gebäude, in welchem jetzt noch die Schlafsäle der Seminaristen, die Wohnnng des Präfecten, die Küche und der Speisesaal, sowie die Wohnung des Hausmeisters sich befinden. Der Hof und Garten war ungefähr halb so groß als jetzt, und etwas anders verwendet, d. h. mehr als Gartenanlage benützt, während er jetzt fast nur als Turnplatz dient und außerdem eine instructive Auswahl von Sträuchern enthält, die ihm zugleich zur Zierde gereichen. Die jetzige Wohnung des Präfecten war Wohnung des Inspectors, das jetzige Wohnzimmer des Hausmeisters war der eine, und das größere Schlafzimmer über dem Speisesaal war der andere „Lehrsaal." Das Vorzimmer vor demselben diente als „Zeichensaal." Die Zimmer im dritten Stockwerk, welche jetzt nichts weiter als 35 Betten fassen, mußten als Schlafzimmer für sämmtliche Seminaristen genügen, zugleich als Locale für die Separatübungen in der Musik und zur Verpflegung der Kranken. Der Speisesaal, obwohl nicht sehr groß und zudem nieder, enthielt eine Orgel und war überhaupt zugleich Musiksaal. Außer dem Inspector wohnte kein Lehrer in der Anstalt. Von einem besondern Zimmer für Bibliothek und Apparat war keine Rede. Instrumentalmusik wurde in den ersten Jahren aus gleichen Gründen gar nicht betrieben. Dem Seminaristen stand weder ein Schrank in den Schlafzimmern noch Pult oder sonst verschließbarer Raum in den Lehrsälen zu Gebote. Er hatte zur Aufbewahrung seiner Habseligkeiten nur sein Plätzchen in den Subsellien und seinen Koffer oder Kasten auf dem Speicher. Hier auf dem Boden unter dem Dache mußten auch die Uebungs= claviere aufgestellt werden. Nur Derjenige, welcher diese Räume aus dem Augenscheine kennt, weiß, was das Alles heißt. Die Zöglinge der Anstalt aus jener Zeit verstehen es, und die späteren, welche diese aufgezählten Räume genau kennen, verwundern sich, wie es möglich war, die Anstalt in einer so erbärmlichen Stätte und bei so armseliger Einrichtung zu führen. Mobiliar und Apparat entsprachen ganz diesem Zustande. Auch hier hieß es — nur so wenig Geld als möglich! Beispielsweise sollen nur einige Gegenstände jenen Zustand veranschaulichen. Die Stühle waren dünnbeinige Hocker aus weichem Holze; die Subsellien gewährten jedem Schüler etwa 60 Centimeter (eine Elle) Raum in der Breite zum Arbeiten. Das war der Platz, an welchem er die Lehrstunden nud die Studierstunden zubringen mußte. Zwei Orgeln wurden angekauft, von welchen die eine nur 4 Fuß Ton hatte, die andere größere aber so schlecht ausfiel, daß sie anfänglich gar nicht angenommen und dem Orgelbauer ein Abzug gemacht wurde, um damit dieses Instrument in einen spielbaren Zustand bringen zu lassen.

Bei solcher Beschränktheit des Locales, bei solcher Armseligkeit der Einrichtung, die hier nur angedeutet, aber durchaus nicht nach jeder Richtung gezeigt wurde, war es unmöglich, die Ordnung, wie sich's gebührt, zu handhaben, die Reinlichkeit zu erhalten, den Unterricht und die Uebungen tüchtig zu betreiben, überhaupt das leibliche und geistige Wohl der Schüler, wie sich's gebührt hätte, zu fördern. Eines half im Anfange. Das war eine gehobene Stimmung bei Lehrern und Schülern, eine gewisse Begeisterung, mit welcher der Vorstand der Anstalt, desgleichen die Lehrer und Zöglinge ihre Aufgabe ergriffen und trotz allen Hindernissen zu lösen mit wärmsten Herzen bestrebt waren. Es wurden dadurch wirklich viele Hindernisse besiegt und gewiß Resultate erzielt, so gut, daß man dieselbe bei einer solchen Beschaffenheit der Anstalt nicht besser verlangen und erwarten konnte. Ein solcher Zustand aber hält nicht an in die Länge. Die Begeisterung erkaltet, wo ein Fortschritt nicht mehr möglich, wo bei aller Anstrengung der Kräfte eine freiere Entfaltung des Lebens der Anstalt durch Noth und armselige Einrichtung niedergehalten wird. Eine Erweiterung der Anstalt und eine bessere Ausstattung derselben ist daher bald zu einer Lebensfrage für dieselbe geworden. Das Bedürfniß ward anerkannt. Zur Beschaffung der Mittel, dasselbe nur halbwegs zu befriedigen, war ein energisches Einschreiten nöthig. Der damalige Präsident der königl. Kreisregierung, Fürst Eugen von Wrede, Durchlaucht, dessen Bruder und Vorfahr in diesem Amte, Fürst Karl von Wrede, die Gründung des Seminars betrieben hatte, sorgte für dessen erste Erweiterung. Er ließ im Sommer des Jahres 1843 an der Stelle zweier zu diesem Zwecke angekauften ohnehin die Nachbarschaft verunstaltenden Häuschen einen Neubau aufführen, durch welchen wenigstens die allernothwendigsten Räume gewonnen wurden. Dieser Bau, jetzt Mittelbau, bot für jeden Cursus einen schönen Lehrsaal, außerdem ein Zimmer zum Zeichnen und zwei Stübchen zum

Aufftellen von Uebungsinstrumenten. Die letzteren waren zwar zur Wohnung für den Präfecten bestimmt; allein die dießfällige Weisung kam nicht zur Ausführung, weil bei vermehrter Schüler= zahl die vorhin bezeichnete Verwendung derselben nothwendig ge= worden und sie überdieß als Wohnung für den Seminarpräfecten unzureichend waren. Durch die bezeichnete Benützung der neuen Räume wurde nun im alten Bau mehr Platz für die Betten gewonnen und der Zustand und die Einrichtung des Seminars wenigstens erträglich gemacht. Ohne Zweifel hätte es bei diesem Zustande noch lange sein Bewenden gehabt, wenn nicht die Auf= nahme einer größern Anzahl von Zöglingen, die inzwischen dringend nothwendig geworden, das Bedürfniß einer nochmaligen Erweite= rung als ein durchaus unabweisbares dargethan hätte.

Die zweite Erweiterung, jahrelang angeregt und auch als nothwendig anerkannt, wurde durchgeführt in den Jahren 1853 und 1854. Es mußte natürlich vorher für die Beschaffung der Mittel gesorgt werden. Da die Seminarien unterdessen durch das neue Ausscheidungsgesetz auf Centralfonds übernommen wurden, so hing die Gewährung dieser Mittel von der Zustimmung der gesetzgebenden Versammlung ab. Diese zeigte sich liberaler als der Landrath des Kreises. In das Budget der letzten vier Jahre der damaligen Finanzperiode wurde im Jahre 1852 für die Er= weiterung des Seminars die Summe von 19,000 fl. eingestellt und allerhöchst genehmigt. Diese Summe, zu welcher später einige tausend Gulden als Nachtrag hinzukamen, wurde dazu verwendet, die Wohnhäuschen des Seifensieders Wettengel, des Gärtners Hehl und des Geschäftsagenten Süß anzukaufen und auf dem Grund und Boden derselben einen Neubau aufzuführen, welcher fortan den Lehr= und Studiersaal des obern Cursus, den Zeichensaal, die Hauskapelle des Seminars und zwei Zimmer für den Apparat und die Bibliothek im Erdgeschoß, sodann den Musiksaal und die Woh= nung des Inspectors über eine Stiege enthalten sollte. So wurde es ausgeführt. Jetzt erst wurde es möglich eine Uebungs= und Musterschule mit dem Seminar zu verbinden und dem Präfecten, wie es von Anfang an hätte geschehen sollen, eine Wohnung im Seminargebäude einzuräumen. Der Präfect bezog im Spätjahre 1854 die bisherige Wohnung des Inspectors, und die Musterschule ward im Laufe des Jahres 1854/55 eröffnet und in das Erdgeschoß des Mittelbaues eingewiesen. Hierdurch wurden die unterrichtlichen wie die erziehlichen Zwecke des Seminars wesentlich gefördert, und die Anstalt verdankt es der gerechten und kräftigen Würdigung, welche ihren Angelegenheiten von Seiten der hohen königl. Regierung und insbesondere von Seiten des Herrn Regierungs=präsidenten von Hohe gewidmet wurde, daß sie von da an aus einer Art von Nothstand herausgetreten ist und zu einer gedeih=licheren Wirksamkeit gelangen konnte.

Eines wurde bezüglich der Localitäten von jetzt an noch erstrebt, nämlich die Verbindung und Arrondirung der vorhandenen Räume. Durch den Ankauf der zwischen dem Altbau und dem Mittelbau eingekeilten Häuschen und durch Errichtung eines an ihrer Stelle zu erbauenden kleinen Neubaues, der nach zwei Seiten hin den vorhandenen Gebäulichkeiten adaptirt werden sollte, war die Möglichkeit gegeben, alles in schönen Zusammenhang zu bringen und die Verwendung aller Räume den Zwecken der Anstalt vortrefflich anzupassen. Die Mittel hiefür waren bereits allerhöchst bewilligt. Da ergab sich die Gelegenheit, auf der andern Seite des Altbaues das Hänlein'sche Haus nebst dem größten Theile des dazu gehörigen Hofraumes zu erstehen, eine Gelegenheit, durch deren Benützung die Anstalt ungleich mehr gewinnen konnte, als durch den Ankauf der vorhin erwähnten Häuschen. Nicht nur für die innere Einrichtung der Anstalt erschien diese Erwerbung, die früher schon einmal erstrebt aber nicht durchgesetzt wurde, sondern namentlich in Ansehung des großen Hofraumes, welcher zum Turnplatz ganz geeignet ist und Licht und Luft gewährt, wie es für eine solche Anstalt zu wünschen, von wesentlichstem Vortheil. Diese Erwerbung geschah, anstatt der vorher projectirten, am 1. August l. J. Sie wurde von allerhöchster Stelle um so mehr genehmigt, als durch die in Aussicht stehende Reorganisation der Schullehrer-Seminarien eine Erweiterung geboten ist.

Die Anstalt kann nun, was ihren Sitz und ihre äußere Ausstattung betrifft, Dank hoher und allerhöchster Fürsorge, vorzüglich auch durch die einsichtsvolle Leitung ihrer Angelegenheiten von Seiten des Referenten im Schulwesen, des Herrn Regierungsrathes Kurz, unter glücklichen Aussichten in die nächste Periode ihrer Wirksamkeit eintreten.

IV.
Lehrerperſonal.

Bei der Eröffnung des Seminars gehörten zum Lehrerperſonale folgende Mitglieder:

1. **Köſtler, Peter**, Inspector oder Vorſtand des Seminars, und erſter Lehrer an demſelben;
2. **Reither, Konrad**, Präfect und zweiter Lehrer;
3. **Lemaire, Karl**, dritter Seminarlehrer;
4. **Rottmanner, Eduard**, Muſiklehrer, zugleich Domorganiſt;
5. **Kellerhoven, Joseph**, Zeichnungslehrer.

Dieſes Perſonal blieb aber nur kurze Zeit unverändert beiſammen. Werfen wir einen Blick denen nach, welche von der Anſtalt ſchieben.

Kellerhoven.

Am 29. September 1842, alſo bereits vor dem Beginn des Schuljahres 18⁴²/₄₃ wurde der Zeichnungslehrer **Kellerhoven** von einem Schlagfluſſe getroffen und ſo gelähmt, daß er ſeine Funktionen fortan nicht mehr übernehmen konnte. Noch faſt 7 Jahre führte er, von ſeinem treuen, braven Weibe muſterhaft gepflegt, ein Leben des Leidens, und ſtarb, gewiß nicht ohne innern Gewinn, den er aus dieſer Prüfungszeit empfangen, ergeben in den Willen des Herrn am 19. Juni 1849.

Er war ein Maler, gebildet in der Münchener Schule, und als ſolcher ein Künſtler, der in manchem artigen Oelbilde höhere Auffaſſung, feinen Farbenſinn und geübte Technik an den Tag legte. Als Zeichner war er ſehr gewandt und gab den Zeichnungsunterricht, nach den Forderungen, wie man ſie damals ſtellte, ganz vortrefflich. Die seit seiner Erkrankung entstandene Lücke wurde vom 17. Dezember 1842 bis 8. April 1843 aushülfsweise durch den Bauschaffner Köhler und den Geometer Decher, vom 12. Mai 1843 an aber durch den als Verweser der Funktionen Kellerhovens verwendeten und nach dem Tode des letzteren als Nachfolger desselben angestellten Zeichnungslehrer Peter Zäch ausgefüllt.

Rottmanner.

Im Laufe des Schuljahres 18⁴²/₄₃ traf die Anstalt noch ein anderer, sehr herber Verlust. Es wurde ihr am 4. Mai 1843 der Musiklehrer Rottmanner durch einen schnellen Tod entrissen. Den nur wenige Tage zuvor unwohl gewordenen, sonst in blühendster Gesundheit stehenden jungen Mann traf fast ganz unerwartet ein Hirnschlag, der seinem freudig thätigen und von Allen hochgeschätzten Leben ein so frühes Ende bereitete. Zwei Tage später, es war eines Samstags, Abends, sah man einen so großen und von so allgemeiner Theilnahme begleiteten Leichenzug durch die Stadt sich bewegen, wie ich mich keines andern mehr erinnere, der seitdem hier stattgefunden hätte. Es galt, dem allgemein geschätzten, man kann wohl sagen geliebten Manne die letzte Ehre zu erweisen. Diese Theilnahme so wie die eigenen Gefühle des Herzens drängen mich, dem heimgegangenen Freunde hier noch einige Zeilen der Erinnerung zu weihen.

Wenn man erzählt, wie sich einst in München Rottmanner's Eltern und ihre Wohnungsnachbarn fast gestritten haben um den Besitz des wunderschönen Knäbleins, so geht das in's Sagenhafte und wir haben nicht Gelegenheit noch auch besondern Grund, kritische Untersuchungen darüber anzustellen, was von diesen Erzählungen Sage ist, und was Wahrheit. Wir lassen gerne den romantischen Schleier über dieser Kindheit.

Schon in seinem achten Jahre machte der für Musik vorzüglich und auch sonst sehr gut begabte Knabe Compositionsversuche, welche ein Musikfreund drei Jahre später, nämlich 1821 in Nürnberg bei

G. P. Buchner unter dem Titel: „Mufikalische Gedanken und Verfuche" — in Druck und Verlag gab. Rottmanner betrieb mufikalifche und wiffenfchaftliche Studien mit gleichem Eifer. Er abfolvirte nicht nur das Gymnafium, fondern auch, fich höhern Studien zuwendend, den philofophifchen Curfus an der Univerfität zu München. Daneben ward er ein gewandter Clavierfpieler und mit der Violine wie mit der Viola mochte ihn jedes Quartett gern haben. Sein Lehrer in der Compofitionskunft war Ett, damals wohl der befte Contrapunktift in München und weit umher. Rottmanner widmete fich nun ausfchließlich der Mufik, gab felbft Unterricht, fang als guter Tenor an der hl. Michaelshoffirche und fuchte fortan auf dem mufikalifchen Gebiete einen angemeffenen Wirkungskreis. Diefer ward ihm an dem neu errichteten kath. Schullehrer-Seminar als Mufiklehrer und zugleich als Organift an der Cathedrale dahier — eine Doppelftelle, die ihm zwar nicht viel Geld, aber defto mehr höheres Verdienft eintragen follte. Der Mufikunterricht, richtig aufgefaßt, ift überall, fomit auch im Seminar, eines der herrlichften und wirkfamften Bildungsmittel der Jugend. Tritt dazu noch der befondere Zweck, den diefer Gegenftand für die Zöglinge des Seminares hat, fo wird demfelben an feiner allgemeinen Bildungskraft nicht nur nichts genommen, fondern diefe wird ihm erft recht gefichert. Diefer Mufikunterricht foll nemlich die Seminariften in den Stand fetzen, daß fie einft ihre Dienfte als Organiften und Leiter des Kirchengefanges tüchtig verfehen und den dem deutfchen Volkscharafter eigenen mufikalifchen Sinn zu veredeln und den Volksgefang bei der Jugend zu pflegen vermögen. Daß Rottmanner feine Aufgabe als Lehrer im Seminar in diefem höheren Sinne auffaßte, hat er unter anderm dadurch zu erkennen gegeben, daß er in einem Berichte die Worte des Dichters darauf anwendete: .... „fideliter didicisse .. emollit mores nec sinit esse feroces" . :, befonders aber durch fein Gefchick und durch feinen Eifer, womit er, bei fo vielen zumal im Anfange obwaltenden Schwierigkeiten, günftige Erfolge errang.

Seine Aufgabe als Organist und technischer Leiter des Dom=
chores war nicht minder schwierig. Der Kirchengesang lag damals
tief darnieder. Man hatte kein brauchbares Gesangbuch mehr.
Die Melodien wurden nach der Tradition hier so, dort so gesungen
und meistens gegen alle Regeln der Kunst begleitet. Der Musik=
lehrer des Seminars zu Kaiserslautern hatte bisher diesem Verfall
entgegen gearbeitet dadurch, daß er das, was man ihm für den
katholischen Kirchengesang darbot, nach den Regeln der Kunst
bearbeitete und die Seminaristen dieser Confession einüben ließ.
Er hat sich dadurch alle Achtung und Anerkennung verdient. Un=
möglich aber konnte unter jenen Umständen ein neuer Aufschwung
für die Musik und den Gesang in den Kirchen der Speyerer
Diöcese gewonnen werden. — In der Cathedrale insbesondere, in
welcher man natürlich zuerst eine Verbesserung der kirchenmusikali=
schen Zustände erwarten mußte, und von welcher aus sie sich auch
am leichtesten verbreiten konnte, war es noch der gute alte Lehrer
Zwiesel, der für eine armselige Remuneration das Ganze zu
besorgen hatte. An den höchsten Festen und bei den Feierlichkeiten,
an welchen ein Pontificalamt gehalten wurde, stoppelte man ein
Orchester und einen Chor zusammen und machte eine Messe mit
Pauken und Trompeten, wie man sie gerne hörte und auch heute
noch in vielen Kirchen anderwärts hören kann. An den übrigen
Tagen hatte Zwiesel an seinem Orgelkasten einen Chor von Schul=
knaben, die nach ihrer Art, was der Brauch war, sangen.

Unter Beiziehung der Schulseminaristen wurde es nun leichter,
einen guten Domchor zu bilden. Eine andere Erleichterung ge=
währte die große Domorgel, welche bereits im Jahre 1840 auf=
gestellt wurde. Das Orchester wurde dadurch beseitigt und nun
größere Mühe auf die Bildung eines guten Gesangchores, theils
mit gleichen, theils mit gemischten Stimmen, verwendet. Da nun
auch darin gleichsam von vorne angefangen werden mußte, so war
es schwierig, passende Musikalien zu finden, mit welchen man
namentlich bei noch immer mangelndem Gesangbuche, den Pfarr=

gottesdienst, sowie bei der Seltenheit guter und leichter Vocal= messen den Pontificalgottesdienst würdig hätte feiern können.

Da fing nun Rottmanner an, Compositionen zu schreiben, die den gegebenen Verhältnissen und Bedürfnissen gemäß waren. Er arbeitete rasch und leicht und lieferte von einer Festzeit zur andern fast jedesmal, was man brauchte, von seiner eigenen Feder. So schrieb er in der kurzen Zeit seines Wirkens, welche nur 3½ Jahre währte, sechs homophone und eine kanonische Messe, harmonisirte andere, componirte Grabualien und Offertorien und andere kleinere Sachen, und bearbeitete, wegen des so stark gefühlten desfalls bestehenden Mangels vom Bischofe gedrängt, das Choralbuch zum neuen Gesangbuche. Wenn nun auch diese Arbeiten theilweise die Spuren der flüchtigen Behandlung an sich tragen, so sind sie doch nicht nur durchweg brauchbar, sondern großentheils sehr schön, so daß sie nicht nur zur Zeit ihrer Entstehung die beste Wirkung machten und den Fortschritt zum Bessern tüchtig anbahnten, sondern auch heute vortreffliche Dienste leisten können auf jedem Kirchenchor.

Was insbesondere das Choralbuch sammt dem Gesangbuche betrifft, so ist zu bemerken, daß seitdem viele andere entstanden, welche eine Menge Vorarbeiten und Quellen benützen konnten, die bei der Bearbeitung des Speyerer Gesang= und Melodienbuchs noch nicht zugänglich waren; und doch sind diese letzteren Bücher bei weitem nicht zu den geringeren zu zählen im Vergleich mit den neuern Producten dieser Art. In den Messen Rottmanners, die alle sehr fließend melodiös sind, findet sich manche sehr werth= volle Nummer; seine kanonische Messe aber, geschrieben im ersten Kirchentone, überdies leicht auszuführen, ist sammt den dazu ge= hörigen Grabualien und Offertorien eine wahre Perle.

Gerne gedenken wir auch des Eifers, womit Rottmanner bei all seinen Arbeiten, die wir nicht alle aufzählten — denn er ar= beitete auch an einem Melobrama und an einer Oper — die sonstigen musikalischen Bestrebungen in Speyer unterstützte und diesen neuen Impuls verlieh. Wohl kam es ihn hart an hier einzugreifen nach den musikalischen Bestrebungen und Genüssen, die er unmittelbar zuvor in München mitgemacht. Er that es indessen mit gutem Humor, der ihn bei seiner Freundlichkeit und Gesellschaftlichkeit so allgemein beliebt machte. Was aber dem freundlichen Manne so besondere Anziehungskraft verlieh, das war ein gewisses edles Wesen und Benehmen, womit er alles Gemeine fern hielt, das war seine reine Sittlichkeit, das war im Kerne und in der Wurzel sein frommer christlicher Glaube, den ich ihn je und je bekennen sah.

Nach Rottmanner's Tod wurden die Functionen desselben als Musiklehrer und Domorganist dem damaligen Schulgehülfen Ludwig Haft aushilfsweise übertragen, und von diesem bis zum Eintritte des neuen Musiklehrers d. h. bis zum 12. Februar 1844 mit großem Fleiße und gutem Erfolge versehen. Haft war, auch nach seinem Seminarkurse, ein besonderer Schüler Rottmanners und hat sich später in München bei dem Lehrer seines Meisters, bei Ett, weiter ausgebildet und sich ausschließlich der Musik ergeben.

Das Schuljahr 18^{45}/$_{46}$ brachte so wichtige und zahlreiche Veränderungen, daß dadurch das Lehrerpersonal · fast gänzlich wechselte. Gleich zu Anfang desselben wurde der Inspector zum Regens des Clerikalseminars und zum bischöflichen geistlichen Rathe ernannt und schied aus dem Seminare aus. Der bisherige Präfect ward Inspector am 15. November 1845. Bald darauf, am 29. Dezember 1845, starb der Musiklehrer Hammer. Der neue Präfect, Gg. L. Zeller, Priester und geprüfter Lehramts= candidat für die Fächer der Mathematik und Physik an Gym= nasien, trat in sein Amt am 1. März 1846; der neue Musiklehrer J. B. Benz an dem nächstfolgenden 1. Juni. Nicht genug. Schon in dem folgenden Monate, nämlich am 23. Juli 1846, verunglückte der Seminarlehrer Carl Lemaire im Rheine und seine Functionen gingen nach zeitweiliger Verwesung derselben zu Anfang des folgenden Schuljahres an andere Lehrer über; die Seminarlehrerstelle an den bisherigen zweiten Lehrer an der katho= lischen Knabenschule zu Speyer, Franz Zöller; die Function eines Schreiblehrers an den dritten Lehrer derselben Schule, Franz Ludwig Günther.

Indem ich nach kurzer Aufzählung dieser Veränderungen den scheidenden Lehrern einen Blick nachsende, folge ich wie bisher der Ordnung, in welcher sie die Anstalt verließen.

Inspector Köstler.

Sein Scheiden aus der Anstalt war glücklicher Weise kein Scheiden aus dem Leben, wie dieses bei den übrigen Personal-veränderungen uns begegnete. Die Anstalt verlor ihren ersten Inspector, der nun zu einer erhöhten Wirksamkeit berufen wurde, nicht gänzlich, indem außer seiner Herzensneigung ein besonderes neues Band ihn an dieselbe fesselte. Derselbe wurde nemlich anfänglich als stellvertretendes, zuletzt nach dem Tode des um das Schulwesen hochverdienten Hofrathes Jaeger als wirkliches Mitglied des Kreisscholarchates die ganze Zeit hindurch alljährlich von hoher königl. Regierung beauftragt, die Prüfungen an dem königl. kath. Schullehrer-Seminare zu leiten. Dieses gab ihm Gelegenheit, seine Einwirkung auf die Anstalt fortzusetzen, welcher er einen immerhin schönen Theil seines Lebens ausschließlich gewidmet hatte.

Seine Wirksamkeit als Seminar-Inspector begann bereits vor Errichtung des kath. Schullehrer-Seminars zu Speyer, indem er, am 14. Juni 1839 zu diesem Amte berufen, sofort in Kaisers-lautern seine Functionen übernahm und dieselben mit der Ueber-sieblung der katholischen Abtheilung nach Speyer hieher übertrug. Es war für ihn und für die neue Anstalt ohne Zweifel von Wich-tigkeit, alles Gute, was das gemeinschaftliche Seminar bis dahin errungen hatte, aus eigener Anschauung kennen zu lernen und es für die neue Anstalt zu verwerthen.

Bei der ersten Einrichtung des Seminars und während seiner ganzen Amtsführung darin hatte er große Schwierigkeiten zu besiegen und Mißstände zu bekämpfen, wie dieses schon aus dem Artikel über die Localitäten wenigstens theilweise zu entnehmen ist. Es soll darum auch die Schwierigkeit, welche die schlechte äußere

Einrichtung insbesondere der Handhabung einer guten Disciplin entgegenstellte, hier nicht weiter besprochen werden. Es wären hundert Dinge zu berühren, die dem Vorstande und den Lehrern nur Mühe bereiteten, den Zöglingen peinlich wurden und so deren gutes Gedeihen hemmten. Hervorzuheben aber ist hier, daß der erste Vorstand der Anstalt dieser von vorne herein, ganz nach den Intentionen des Normativs vom Jahre 1836 und nach dem Zwecke der neuen Gründung, die rechten Grundlagen verlieh, indem er für Unterricht und Zucht jene Principien geltend machte, die sich einerseits aus den ewigen Wahrheiten des Christenthums, andererseits aus der Natur des Menschen und seiner richtig er= kannten Bestimmung ergeben. Das ist ein Hauptverdienst des ersten Vorstandes der Anstalt, und dadurch ist er ein Petrus für sie geworden. Diese Principien waren nicht neu; es wäre schlimm, wenn sie erst hätten erfunden werden müssen. Dieselben werden auch nicht alt; darum hat die Anstalt stets an ihnen festgehalten. Sie sind angedeutet in dem Leitfaden, welchen Köstler zum Unter= richt in der Schulerziehung für die Seminaristen entworfen hat. Auch für den Unterricht in der vaterländischen Geschichte machte er sich verdient durch die Bearbeitung seiner „Erzählungen aus der bayerischen Geschichte". — Es war eine Anerkennung seiner Verdienste, daß er zu höheren Stellen und Mühen berufen und mit einem Orden geschmückt wurde.

Hammer.

Der Nachfolger Rottmanner's war Georg Hammer, vorher Lehrer an dem akademischen Musikinstitut zu Würzburg und Choralist in dem dortigen Clerikalseminar. Kurze Zeit nur war seinem Vorfahr für die Wirksamkeit am Seminar beschieden, noch kürzer aber war die ihm zufallende gemessen. Im Dezember 1845 erkrankte derselbe und erlag am 29. des genannten Monats dieser Krankheit. Hammer besaß bedeutende Fähigkeiten und eine unge= meine Begeisterung für Musik. Er spielte die Orgel mit Lust und fugirte fließend, so daß man ihn, besonders bei größeren Einleitungen oder bei längeren Nachspielen gerne hörte. Doch war er zu ausschließend Musiker, was nicht ohne Nachtheil war für seinen Kunstgeschmack in der Musik selbst. Uebrigens war er eine kindliche Seele, im Leben fast zu sagen unerfahren, und vernachlässigte sich selbst mehr als billig. Indessen hatte er einen guten Kern in sich, der ihm die Herzen geneigt machte. Nach seinem Tode wurden die Functionen eines Musiklehrers am Seminar durch den Gesanglehrer der königl. Studienanstalten dahier, B. Wiß, und die Organistendienste durch den Lehrer an der Knabenschule, J. Lutz, aushilfsweise besorgt bis zum ersten Juni 1846, an welchem Tage J. B. Benz die Functionen eines Musiklehrers und Domorganisten übernahm, welcher sie nun auch heute noch, und zwar seit dem 1. December 1863 zum Seminarlehrer befördert, versieht.

Lemaire.

Obwohl jeder Lehrer am Seminare die Aufgabe hat im allgemeinen, und speciell in seinen Unterrichtsfächern das Seinige dazu beizutragen, daß die Seminaristen mit der elementaren Lehrmethode vertraut werden, so ist bei der gleich anfangs gemachten Vertheilung der Lehrgegenstände diese Aufgabe doch vorzugsweise dem dritten Lehrer zugedacht worden. Man suchte daher einen tüchtigen praktischen Schulmann. Als solchen durfte man Lemaire, der damals Lehrer an der katholischen Knabenschule dahier gewesen, betrachten. Die Sprachlehre gab er, wie es der Gang der Methodik damals mit sich brachte, nach Wurst; in die Leseübungen und die Lehre von der Landwirthschaft (nach Schlipf) brachte er viel Gemeinnütziges. Zur Uebung und Veranschaulichung des geographischen Unterrichtes ließ er besonders viele Karten zeichnen. Uebrigens war Lemaire ein offener biederer Mann, gesellschaftlich, beliebt. Wir wollen uns nicht vermessen, den Schatten, der sein Ende umhüllt, mit unserm blöden Auge zu durchdringen.

Nachdem die Lücke, welche durch den Tod Lemaire's entstand, wieder ausgefüllt war, bestand die Lehrerschaft aus folgenden Mitgliedern:

1. Reither, Konrad, Inspector, Lehrer der Religions= und Erziehungslehre.
2. Zeller, Ludwig, Präfect, für die Fächer der Mathematik, Naturkunde und Geschichte.
3. Zöller, Franz, Seminarlehrer, für deutsche Sprache, Geographie, Landwirthschaft und Taubstummenunterricht.
4. Benz, Joh. Bapt., Musiklehrer, zugleich Domorganist.
5. Bäch, Peter, Zeichenlehrer, Lehrer für dasselbe Fach an der königl. Studienanstalt dahier.
6. Günther, Schreiblehrer, Lehrer an der Oberklasse der städtischen katholischen Knabenschule.

An diesem Personalstande hat sich, seitdem er beisammen ist, d. h. seit dem Beginn des Schuljahres 18⁴⁷/₄₈, bis heute eine Veränderung nicht mehr ergeben, und die Lehrer erachten es dankbar als eine gnädige Fügung der Vorsehung, daß sie seitdem beisammen bleiben und ungestört zusammen wirken konnten.

Einen Zuwachs erhielt das Personal noch im Jahre 1855 bei Errichtung der Uebungs= und Musterschule in dem Lehrer an derselben, Peter Händel, der seit der jüngsten Zeit zugleich die Function eines Turnlehrers am Seminare versieht.

Es erscheint nicht wohl als passend, daß ich über Diejenigen, die als Lehrer meine Collegen sind, und jetzt noch mit mir der Anstalt ihre Kräfte weihen, weitere Personalnotizen gebe. Die nöthigen Andeutungen über ihr Wirken möge man entnehmen aus der in den nächsten Abschnitten folgenden sachlichen Darstellung über Lehre und Disciplin.

V.

Unterricht.

Ueber Umfang, Methode und Geist des Unterrichtes, sowohl für die Präparanden, als auch für die Seminaristen, sind in der höchsten Verordnung vom 31. Januar 1836, die Bildung der Schullehrer betreffend, sehr einläßliche Bestimmungen gegeben. Nach diesen Bestimmungen hatte unser Seminar in den ersten 18 Jahren seines Bestandes sich zu richten. Es war darin unter den Hauptrubriken Religionsunterricht, Sprachunterricht, Weltkunde (diese wieder Geographie, Naturkunde, Landwirthschaft und Ge= schichte umfassend), Rechnen, Zeichnen, Schönschreiben, Musik und Erziehungslehre Alles aufgezählt, was man billiger Weise für die Berufsbildung der Lehrer verlangen konnte. Dennoch fühlte man bei der Ausführung dieser Bestimmungen, daß nicht Alles in Ordnung sei. Man erkannte die Ergebnisse der Lehrerbildung gleichwie das Wirken der Lehrer in den Schulen als nicht recht befriedigend. Woran fehlte es? Lag der Fehler in den gegebenen Vorschriften, oder in einer mangelhaften Ausführung derselben? Ohne Zweifel in Beidem, abgesehen davon, daß nichts vollkommen ist unter der Sonne, und daß schon beßhalb diese Dinge dem Gesetze der fortwährenden Entwickelung unterliegen.

Das Wesentlichste und Beste in der Erziehung der angehenden Lehrer ist — nach dem Segen von Oben — immer nur von der persönlichen Behandlung und Leitung derselben in ihrer frühesten Jugend zu erwarten. Das lebendige Beispiel der Glaubens= und Berufstreue, der heiligen Gottesfurcht, des sittlichen Ernstes von Seiten der Eltern muß vor Allem die jungen Lehrer erziehen.

An dem guten Willen, an dem Fleiß und der Geschicklichkeit, an dem harmonischen Zusammenwirken ihrer Lehrer vor und während der Seminarzeit ist dann in zweiter Reihe das Meiste gelegen.

Was den Unterricht betrifft, so kommt hier einerseits Stoff und Umfang, andererseits Geist und Methode desselben in Betracht. Ueber die Bestimmung der Unterrichtsgegenstände und die Ausdehnung, in der sie betrieben werden sollen, wird vieles hin und her geredet. Doch dürfte es nicht schwer sein, hier wenigstens sehr nahe das Richtige zu treffen, wenn man die Stellung und den Beruf der Lehrer im Auge behält. Auch kommt es, wenn einmal das Nothwendige feststeht, darüber hinaus auf ein Mehr oder Weniger, wenn nur Geist und Methode die rechten sind, nicht mehr viel an. -

Die Präparandenbildung war von Anbeginn mangelhaft und ist bis jetzt nur um Weniges besser geworden. Eine Haupturfache dieses Uebelstandes besteht wohl darin, daß die Aufgabe, Präparanden zu unterrichten und zu erziehen für viele Lehrer, die sie unternommen haben, eine zu schwierige ist. Selbst für tüchtige Lehrer ist es ein schwieriges Unternehmen, neben einer Schule, welche die Kraft eines Mannes schon stark in Anspruch nimmt, Präparanden von drei verschiedenen Cursen zu unterrichten, d. h. den Unterrichtsstoff mit diesen auf eine bildende Weise zu verarbeiten. Nur zu leicht wird ein solcher Unterricht blos äußerlich, mechanisch, beschränkt sich auf das Bezeichnen der Lectionen und auf das bloße Abhören derselben. Auch die Zucht leidet bei einem solchen Unterricht, indem letzterer nicht anzieht und veredelt. Die Schüler, die sich an demselben nicht erfreuen können, suchen sich andere Gegenstände, um damit die gemüthliche Seite ihres Seelenlebens auszufüllen und gerathen leicht auf Abwege. Das dritte Präparandenjahr, nach allem was ich darüber wahrnehmen konnte, machte den betreffenden Lehrern am meisten Mühe, brachte wenig Frucht, und am meisten Verderben. Eine andere Ursache, warum die Vorbildung der Schullehrlinge nicht recht gedeihen wollte, lag in der großen Ungleichheit derselben. In Folge davon währte es im ersten Seminarkurse immer sehr lange, bis die Schüler in geordnetem Gange gleichmäßig voranschreiten konnten. Der eine hatte dieses, der andere jenes gelernt. Und bei weitem nicht alle haben auch „gekonnt", was sie gelernt hatten. Die Verordnung vom 31. Januar 1836 stellte die Aufgabe des Präparandenunterrichtes in an sich guten und wahren Sätzen, aber in zu unbestimmten, vagen Ausdrücken hin. Ebenso wenig, oder vielmehr noch weniger, wie die Gesammtaufgabe, waren die Leistungen bezeichnet, die man von jedem der drei Präparanden=kurse zu erwarten berechtigt sein sollte. Das Normativ vom 15. Mai 1857 bestimmte beides genauer und hat dadurch eine wesent=liche Verbesserung gebracht. Den Präparandenlehrern aber wurde keine Erleichterung zu Theil, und es erscheint wünschenswerth, daß die Aufgabe des dritten Präparandenjahres mit der Aufgabe des Seminars vereinigt werde. Was den Präparandenlehrern dann zu leisten übrig bliebe, das vermöchten sie sehr wohl zu leisten. Die Lehrkraft, welche sich an Präparanden von drei Kursen ver=theilte, hätte sich dann nur an die bisherigen ersten zwei Kurse zu wenden und könnte somit diese um so sicherer fördern. Der dritte Kurs aber käme in andere Hände. Mit diesem könnte dann die vereinigte Kraft eines Lehrercollegiums in einem wohl einge=richteten Seminare sowohl in Ansehung der Lehre als der Wohl=gezogenheit mehr ausrichten als der einzelne Präparandenlehrer in Nebenstunden.

Nachtheilig für die Heranbildung des Lehrernachwuchses wurde eine Zeitlang auch der Umstand, daß zu wenige Knaben von Be=fähigung diesem Stande sich zuwandten und eine strengere Aus=wahl der Lehrlinge nicht stattfand. Das aber bessert sich merklich, da die Gehaltsverhältnisse der Schullehrer aufgebessert und die Aussichten der jungen Leute bei der Wahl dieses Berufes freund=licher geworden sind. Jetzt denkt man eher wieder daran, brave begabte Söhne aus guten Familien dem Lehrfache zuzuwenden.

Wenn die Anzahl der zur Prüfung für die Aufnahme in das Seminar zugelassenen Schullehrlinge nur eine hinlängliche ist, so

kommt es im Uebrigen auf die Größe dieser Zahl gar nicht son=
dern uur auf die Tüchtigkeit der Geprüften an.

Man hat übrigens, um dem Präparanden=Unterricht aufzu=
helfen, allerlei Vorschläge gemacht. Einige wollen den Besuch der
Lateinschule, andere ben der Gewerbschule an beſſen Stelle treten
laſſen. Wieder andere wollen besondere Vorseminarie, wie z. B.
in Freyſing eines beſteht, und noch andere wollen biesen Unterricht
ganz frei geben. Wenn die Aufgabe des Präparanden=Unterrichts
genau fixirt ist, so bürfte, nach Einführung eines breijährigen
Seminarkurſus, die Freigabe des Präparanden=Unterrichts nicht
unzweckmäßig sein. Nur müßte strenge festgehalten werden, daß
der Abſpirant bei der Aufnahmsprüfung seine Befähigung gehörig
nachweiſe, und glaubwürbige Bürgschaft für sein sittlich religiöſes
Verhalten beibringe.

Die neueſten Vorschläge wollen noch größere Veränderungen
in dem Bildungsgange der Schullehrer. Hienach sollen, so zu
sagen, pädagogiſche Gymnaſien errichtet werden, ohne Internat,
mit sechs Jahreskurſen. Der Unterricht wäre auszubehnen auf
Latein und Franzöſiſch. — Diese Einrichtung würde aber nicht nur
für die jungen Leute zu koſtspielig, sondern würbe sie auch leicht
von ihrem eigentlichen Berufe abführen, statt sie mit bemſelben
inniger zu befrennben, und hätte zugleich alles gegen ſich, was
weiter unten gegen das Externat geſagt werden wird.

Die Erziehung im Seminar hat bis jetzt eine schwere Aufgabe.
Sie soll aus theilweiſe nicht nur sehr unentwickelten sondern biswei=
len sehr ungezogenen Jünglingen in sehr kurzer Zeit — Erzieher,
wenigstens angehende Erzieher bilden. Wiſſen und Können,
Gesinnung und Charakter sollen diesem Berufe entsprechend
gebildet werden.

Das erste Mittel bazu ist der Unterricht. Stoff, Methode und
Geiſt deſſelben müſſen ihn zu einem erziehenden machen. Die
Seminariſten sollen das Maaß des Wiſſens erringen, welches der
Beruf und die Stellung eines Lehrers erfordern. Unſer Seminar
hat es wohl niemals baran fehlen laſſen, seine Schüler in Kennt=

niſſen und Kunſtfertigkeiten, ſo weit als die Vorbereitung derſelben es zuließ, zu fördern. In den erſten Jahren ſeines Beſtehens war ſogar eine Neigung vorhanden, den Stoff des Unterrichtes ſehr auszudehnen, eine Neigung, die ſich recht wohl erklären läßt. Die damalige Zeitrichtung und eine gewiſſe Unbeſtimmtheit und Elaſticität des damals geltenden Normativs begünſtigten eine ſolche Tendenz. Wenn auch dieſe Verordnung im allgemeinen ſagte, es handle ſich nicht darum, die Zöglinge mit vielerlei neuen Kennt= niſſen auszuſtatten, als vielmehr in ihnen das Erlernte zu größerer Gediegenheit und klarer Anſchauung zu bringen, ſie auf den rechten Standpunkt des Schullehrers zu ſtellen, ſie mit der Unterrichtskunſt im wahren Sinne des Wortes vertraut zu machen ꝛc., ſo war doch bei der Aufzählung der einzelnen Gegenſtände nichts beſtimmtes angegeben. Ebenſo war für den praktiſchen Theil der Aufgabe das rechte Mittel nicht dargeboten. Die deutſcheu Schulen am Seminar= ſitze ſollten den Seminariſten Gelegenheit bieten, ſich die nöthige Uebung und Fertigkeit im Lehren und Schulhalten zu erwerben. Da dieſe Schulen in keiner organiſchen Verbindung mit dem Seminare ſtehen, ſo war das eben nur eine Idee. Mit gutem Erfolge auszuführen war ſie nicht. Da es an praktiſchen Uebungen fehlte, ſo war es eine natürliche Folge, daß der theoretiſche Unter= richt ſich mehr ausdehnte. Die Forderung der praktiſchen Aus= bildung blieb indeſſen ſtehen und machte ſich, da die ganze päda= gogiſche Literatur auf ein methodiſches Verarbeiten des elementaren Unterrichtsſtoffes hindrängte, nur noch mehr geltend. Eine Fluth von Schriften und periodiſchen Blättern erſchien zu dieſem Zwecke. Nachdem durch das Normativ vom 15. Mai 1857 ſo wie durch ähnliche Verordnungen in andern Staaten das Elementarſchulweſen beſtimmter geregelt war, wuchs dieſe Fluth noch mehr und ſie iſt noch nicht abgelaufen. Unter einer Menge Spreu kam auch mancher gute Kern zum Vorſchein und es läßt ſich nicht läugnen, daß die Methodik in allen Unterrichtszweigen bedeutende Fortſchritte ge= macht hat. In dieſem Stücke nun liegt viel daran weſentliche Verbeſſerungen von bloßen Neuerungen zu unterſcheiden. Mit letzteren verbindet sich insgemein viele Marktschreierei, indem öft: kleine Verbesserungen in Einzelnheiten frischweg als neue Methoden ausposaunt werden. Das Bewährte festhalten, Neues versuchen, Neuerungen prüfen, und sie nur dann aufnehmen, wenn sie wirklich Verbesserungen sind — das fördert. Das geht ohne Geräusch und ohne das Citat aller der Berühmtheiten, die zahllos wimmeln in den pädagogischen Sammelwerken und die in freundseliger Hand= reichung einander anpreisen.

Daß aller Unterricht in seinen Elementen sich auf Anschauung, Wahrnehmung gründe, daß das Bilden der Begriffe und jede wahre Erkenntniß auf diesem lebendigen Grunde ruhe, daß die höheren Ideen der Vernunft in der wahrnehmbaren Welt wie im Spiegel erscheinen, daß der Unterricht alle Seelenvermögen des Kindes gleichmäßig bilden müsse, daß nicht einseitig wahre intellec= tuelle Bildung — ohne sittliche, oder wahre sittliche ohne intellec= tuelle gefördert werden könne: solche Grundsätze wurden allezeit von guten Lehrern beobachtet. Sie leuchten uns aus der Lehrweise des Herrn und seiner Apostel entgegen. Planmäßig sucht man dadurch den elementaren Unterricht bis in's Einzelne zu verbessern und zu heben. Mit Recht. Ein blos mechanischer, todter Unter= richt ist ein Abrichten und ist nicht der höheren Natur des Menschen gemäß. Wenn das Wahrheiten sind, die unter uns niemand be= streitet, so ist es doch fast wunderbar, wie Pädagogen von einer gewissen Sorte einen naturgemäßen Unterricht für ihr ausschließ= liches Eigenthum oder Privilegium ansehen, und den Besitz dieses Vorzuges allen denen absprechen zu müssen glauben, welche an einem Dogma festhalten. Ein Mensch, meinen diese Generalpächter aller Vernunft, der einmal einen Glaubenssatz annimmt, verzichte auf alle naturgemäße und somit wahre Erkenntniß. Das wäre freilich der Fall, wenn die Auctorität, auf deren Zeugniß hin wir glauben, nicht glaubwürdig, oder der Inhalt eines Glaubenssatzes etwas vernunftwidriges enthielte. Kein natürliches wahres Wissen wird durch unsere Glaubenssätze beschränkt, wohl aber wird durch diese alles irdische Wissen und Wirken verklärt und der Erreichung des höchsten Zieles dienstbar gemacht. Weder irdisches Wissen noch alle Naturkräfte vermögen die höchsten Bedürfnisse des menschlichen Herzens zu befriedigen, oder können dem Menschen über die Noth der Seele und den Tod hinweghelfen; wohl aber vermögen dieses die Wahrheit und Gnade, von Gott gekommen. Die Vernunft ist dem Menschen nicht gegeben, damit er die Offenbarung Gottes als unnütz abweise, sondern damit er für diese Offenbarung empfänglich sei. So haben die Lehrer des Seminars, die in den verschiedensten Zweigen Unterricht geben, einen gemeinschaftlichen Boden, auf dem sie sich begegnen — nemlich die großen Wahrheiten des Christenthums, fixirt als eine wahre geistige Errungenschaft in der kirchlichen Lehre. Ich habe nie finden können, daß die Harmonie, in der die Lehrer zu dem christlichen Glauben und dadurch gegenseitig zu einander stehen, das mindeste Hinderniß dargeboten hätte, an den Fortschritten in der Pädagogik und Didaktik sich zu betheiligen. Es sind denselben weder die wirklichen noch die scheinbaren Vortheile entgangen, die auf diesem Felde auftauchten. Jeder Lehrer hat sich dieselbe in seinen Fächern wohl angesehen, und was andere geleistet, mit dem, was die eigene Praxis gelehrt, zu vereinigen gesucht.

Der Umschwung, der während der letzten Periode im Elementar-Unterrichtswesen stattgefunden, kennzeichnet sich besonders auch durch die Einführung neuer Lehrbücher. Nebst dem neuen Gesangbuche, dessen ich oben schon gedachte, wurden die Katechismen, die biblische Geschichte, und ganz besonders die Lesebücher in neuen Bearbeitungen eingeführt. Dazu wurden den Lehrern und Schülern eine Menge Hülfsmittel angeboten und theilweise auch anempfohlen, Schriften über das Rechnen, die Formenlehre, Geschichte, Geographie, Naturkunde u. s. w., Aufgabenbücher, Schreibhefte zc. Bezüglich des neuen Katechismus nur einige Worte. Derselbe wurde schon viel gelobt und auch schon viel getadelt. Natürlich. Er hat seine Vorzüge und auch seine Schwächen. Schärfe und Reichhaltigkeit in der Darstellung der Lehre wird ihm Niemand absprechen. Darin aber kann und muß der Katechet das unerschöpfliche Mittel finden,

Verstand und Herz der Kinder zu bilden, ohne sich durch einige Schwierigkeit, welche die Auffassung und das Einprägen betrifft, abschrecken zu lassen.

Ich will indessen hier nicht die einzelnen Unterrichtsgegenstände, ihre Behandlungsweise und die dafür gebotenen Bücher und Hülfs= mittel besprechen. Wer sich darüber Rathes erholen will, dem stehen außer trefflichen Zeitschriften z. B. der Schulfreund, von Schmitz und Kellner, Magazin für Pädagogik von J. Haug, der deutsche Schulbote von Moritz und Ulrich 2c., auch systematische und encyklopädische Werke zu Gebot, als: die Schulkunde von Kellner, das Lehrbuch der Erziehung und des Unterrichts von Ohler, die Encyklopädie von Dr. K. A. Schmid, die Real=Ency= klopädie des Erziehungs= und Unterrichtswesens nach katholischen Principien von Rolfus und Pfister u. a. m. Ich will nicht näher erörtern, warum die Bücher von Wurst, der fast nur das logische Moment der Sprache berücksichtigt und durch diese Behandlungs= weise nur zu leicht zu einem leeren Formalismus führt, durch andere Bücher ersetzt worden sind. Es soll nur daran erinnert werden, wie die Schriften von Kellner, Ritsert, Otto u. a. für den Seminarunterricht besseres boten, damit die Seminaristen nicht nur ihren Antheil aus der Sprachwissenschaft schöpften, sondern auch einsehen lernten, wie viel Grammatikalisches in die Elementarschule gehöre und wie dieses für die Kinder aus der Benützung des Lesebuches zu gewinnen sei. Die allgemein anerkannte Regel, daß Sach= und Sprachkenntnisse Hand in Hand mit einander gehen müssen, hat die Bearbeitung guter Lesebücher gefördert, wie solche von Hästers, Bumüller und Schuster, Hockgeiger und Hartung, Heinisch und Ludwig, Klaß und andern geliefert wurden. Ebenso will ich nur andeuten, wie im Rechnen durch die sogenannte Grube'sche Methode; in der Naturkunde durch die Vermehrung der Sammlungen und Abbildungen; in der Geschichte durch eine Menge von elementaren Darstellungsversuchen eine große Reg= samkeit sich kund gab. Indessen war im Seminar bei all diesem

Umschwung der Dinge das Beste von den Lehrern selbst zu leisten. Buch und Hülfsmittel sind noch nicht die lebendige Lehre.

Wenn ich nun, auf diesem Punkte angelangt, zurückblicke auf die Thätigkeit der Seminarlehrer, so habe ich alle Ursache, mich zu freuen und meinen theuern Collegen meinen freudigen Dank auszusprechen für die Treue und Sorgfalt, mit der sie ihrem Amte oblagen und mir eben dadurch die Führung des Inspectorates erleichterten. Es war ein Wetteifer unter ihnen, daß jeder in seinen Fächern Gediegenes leistete und einen so lebendigen, bildenden Unterricht ertheilte, als es die Vorbereitung unserer Schüler nur immer zuließ.

Ganz besonders war die Aufmerksamkeit der Lehrer darauf gerichtet, den Seminaristen den Weg zu zeigen, den sie beim Kinderunterrichte zu betreten haben. Der Herr Seminarpräfect Zeller hat in dieser Weise den Zöglingen im Rechnen, in der Naturkunde und Geschichte die ächte Methode des elementaren Unterrichtes klar gemacht und ihnen die beste Anregung zum Fortschritt gegeben. Aehnlich that dieses der Herr Seminarlehrer Zöller in dem Sprach- und Taubstummenunterrichte, in der Geographie und Landwirthschaftslehre. Im Zeichnen gab es neuen Antrieb durch die Ausstellung der sämmtlichen Schülerarbeiten von den Anstalten des Königreiches im Glaspalaste zu München (1863), die Herr Zäch um so leichter zu verwerthen versteht, da er ein geübter Künstler ist und als Lehrer reiche Erfahrung hat. Im Schönschreiben wurden in jüngster Zeit neue Hilfsmittel (Heckmann'sches Linienblatt, Taktschreiben u. a.) angepriesen. Wer die Vorlegeblätter des Herrn Günther so wie die Sicherheit seines Unterrichtes kennt, der wird diesem Kalligraphen die Meisterschaft zugestehen, und jene Hülfsmittel nur in dem Grade der Anwendung neu finden.

Von großem Werthe für die praktische Bildung der Seminaristen ist die im Jahre 1855 im Seminare errichtete Knabenschule. Sie hat den doppelten Zweck, Uebungs- und Musterschule zu sein für die Seminaristen. Diese sollen in ihr, was sie in der Theorie hören, veranschaulicht finden. Der Lehrer dieser Schule hat in dieser Beziehung die Aufgabe, nicht nur selbst sehr wohl methodisch zu lehren, sondern auch, insofern die Lehrthätigkeit anderer eingreift, die Fäden des Unterrichtes gleichsam in Händen zu behalten, und die Schule in disciplinärer Beziehung wohl zusammenzuhalten. Die Seminaristen haben da also beständig eine Schule vor sich, die zwar das Ideal einer Schule nicht verkörpert, doch mit guten Kräften darnach strebt und in diesem Streben keinen geringen Erfolg hat. Damit aber die zukünftigen Jugendbildner auch Gelegenheit haben, sich im Lehren und in der Behandlung der Kinder zu üben, ist die Schule in folgender Weise mit dem Seminare in Verbindung gesetzt. Von den Seminaristen des obern Cursus fungiren beständig zwei oder drei, welche täglich wechseln, als Gehülfen in dieser Schule. An dem betreffenden Tage gehören sie ganz der Schule an. Sie sind zugegen, wenn die Kinder sich versammeln, begleiten sie mit dem Lehrer (dreimal wöchentlich) in die Kirche, hören entweder dem Unterrichte zu oder übernehmen diesen theils für einzelne Kinder, theils für ganze Klassen. Auf letzteres Geschäft haben sie sich, da ihnen die Aufgabe hiefür Tages zuvor gegeben wird, genau, und zwar gewöhnlich schriftlich, vorzubereiten. Sie helfen auch mit, die Kinder in der Erholungszeit zu beaufsichtigen und ihre Turnspiele zu leiten. Damit die Uebung der Seminaristen im Unterrichten reicher und mannichfaltiger werde, erhält eine und die andere Schulclasse den Unterricht im Rechnen vollständig, dann im Lesen, in der Sprachlehre, Geographie ꝛc. wenigstens theilweise im obern Seminarcurse von dem betreffenden Fachlehrer des Seminars und, unter dessen unmittelbarer Leitung, von den Seminaristen. Es sind zu diesem Zwecke die betreffenden Gegenstände sowohl im Lehrplane der Knabenschule, als im Lehrplane der Seminaristen auf dieselben Stunden angesetzt. Zur Uebung der Seminaristen in der Ertheilung des Religionsunterrichtes, in der Behandlung der biblischen Geschichte und des Katechismus, werden, damit dieses Experimentiren den religiösen Gefühlen der Kinder keinen Nachtheil bringe, nur einzelne dieser letzteren auf kürzere Zeit, etwa eine halbe Stunde,

abwechselnd, in den obern Seminarcursus berufen, wo der Re=
ligionslehrer die katechetischen Uebungen durch die Seminaristen
vornehmen läßt. Die Seminaristen werden durch alles dieses
freilich noch keine vollendeten Lehrer; es müßte ja mit der Unter=
richtskunst auch nicht weit her sein, wenn man dieselbe so schnell
erringen könnte. Es ist genug, daß die Seminaristen den rechten
Weg finden und in ihrem Herzen Lust und Liebe fassen zur Er=
strebung des schönen Zieles.

Der Musikunterricht, welcher ein wichtiges Mittel ist nicht nur
zur allgemeinen, sondern auch zur besonderen Berufsbildung der
Seminaristen, indem er diese befähigen soll, den Gesangunterricht
in den Schulen gut zu ertheilen, den Kirchengesang zu leiten und
durch ein tüchtiges Orgelspiel zu unterstützen, überhaupt die Kirchen=
musik in erbaulicher Weise zu pflegen, wurde durch Herrn Benz
nach seinen verschiedenen Zwecken, mit Kraft und vieler Einsicht
ertheilt. Insbesondere hatten die Zöglinge den Vortheil, als
Chormitglieder an der Cathedrale mitzuwirken und hiedurch die
Bestrebungen des Herrn Benz zur Hebung einer ächten Kirchen=
musik genau kennen zu lernen und ihren Geschmack dafür zu bilden.
Das geschichtliche Studium der kirchlichen Kunst zeigt am Besten
die rechte Bahn, welche für die Zukunft in derselben zu betreten.
Benz ging diesen Weg, wie seine Werke, seine Harmonia sacra,
seine Messen, Motetten 2c. zeigen, und hat dadurch bei den Fach=
männern eine große Autorität erlangt. Der Gesang beim Cathe=
dralgottesdienst hat durch seine Bestrebungen eine feste kirchliche Rich=
tung und eine so würdevolle Haltung gewonnen, daß er in seinen
bessern Productionen von Kennern oft als mustergültig bezeichnet
wurde. Für die Seminaristen ist das von großem Vortheil, da
in Sachen der Kunst die Wahrnehmung des Schönen mehr werth
ist, als das Studium der Theorie.

Die allgemeine Erziehungs= und Unterrichtslehre wurde dar=
gestellt auf derjenigen Grundlage, auf der sie allein sicher ruht,
nemlich auf Grund der Erkenntniß der menschlichen Natur und
auf Grund der göttlichen Offenbarung, welche die Anlagen der

Natur für ihre höhere Bestimmung deutet und heiliget. Es wurden hiebei insbesondere die Fähigkeiten der Seele in ihrer Anlage und Entwickelung gezeigt, um dadurch die richtigen Grundsätze aller Erziehung und alles Unterrichtes zu gewinnen und klar zu machen. Der Lehrer, der gleichsam in die Seele des Kindes blicken lernt, wird den rechten Weg des Unterrichtes nicht verfehlen.

Am Schlusse dieses Abschnittes nur noch einige Bemerkungen über die Bestrebungen der Gegenwart.

In neuester Zeit macht sich nemlich wieder ein Streben geltend nach Ausdehnung des Unterrichtsstoffes bei der Heranbildung der Lehrer. Man hat dabei von dem Besuche höherer Lehranstalten, von Betreibung fremder Sprachen, der lateinischen, französischen, englischen, von ausgedehnter Bekanntschaft mit der gesammten deutschen Literatur und andern mehr oder weniger utopischen Dingen gesprochen.

Richtig ist, daß ein Lehrer nicht zu viel lernen und wissen kann, wenn es nur ein gutes Wissen und die rechte Erkenntniß ist, die man meint. Um gutes Wissen, um die rechte Erkenntniß handelt es sich. Wenn man dabei im Auge behält, daß das Feld der Wirksamkeit des Lehrers vornehmlich die Kinderschule ist und bleiben muß, so wird man nicht übertriebene Dinge bei der Lehrerbildung obligatorisch machen wollen. Wer sich dem höheren Lehrfach widmen, wer Professor werden will, der mag es thun, wenn er das Zeug dazu hat. Für diejenigen aber, welche Lehrer und Erzieher in Elementarschulen und etwa auch in allgemeinen Fortbildungsschulen der Jugend werden wollen, den Besuch von Realgymnasien, das Studium fremder Sprachen und dgl. als nothwendig verlangen, das heiße ich den sichern Grund zur Unzufriedenheit mit ihrem Stande legen, die allgemeine Schulerziehung aus ihrer naturgemäßen Bahn bringen und darum auf's höchste gefährden. Das Normativ vom Jahre 1857 hat bezüglich des Umfanges der Gegenstände, bezüglich der Gliederung und des Stufenganges derselben, sowie bezüglich der Andeutungen über die zu befolgende Lehrmethode so viel Gutes, daß seine Bestimmungen, wenn man

nach einer Vervollkommnung verlangt, mehr eine tüchtige Durch=
führung als eine Modification erheischen. Würde nach Einführung
eines dritten Cursus im Seminare, wie dieses bereits oben ange=
deutet, auf die Realgegenstände, insbesondere auf Naturkunde mehr
Gewicht gelegt als bisher, ferner die Größenlehre durch elementare
Geometrie und der Sprachunterricht durch einen Umriß der deut=
schen Literaturgeschichte erweitert, so wäre, was den Stoff betrifft,
nicht nur für die besondere Fach= und Berufsbildung des Lehrers,
sondern auch für dessen allgemeine Bildung wahrlich nicht schlechte
Vorsehung getroffen. Was zu wünschen ist, kann dann wirklich
erreicht werden: gründlichere, auch feinere Bildung der Lehrer unter
strenger Festhaltung ihres Berufs als Männer der Elementarschule.

VI.
Disciplin.

Die Vorbereitung zum Lehrerstande, der sich vorzugsweise mit der Bildung der zarten Jugend zu beschäftigen hat, wird durch nichts mehr gefördert, als durch eine gewisse Zurückgezogenheit, welche die nöthige Sammlung des Geistes gewährt und vermittelst einer geregelten Lebensordnung nicht nur vor albernen Zerstreuungen und anderen schlimmeren Dingen schützt, sondern auch an eine gewisse Selbstbeherrschung, an Verträglichkeit und andere gesellschaftliche Tugenden gewöhnt. Eine solche Zurückgezogenheit mit den angedeuteten Vortheilen im Gefolge, gewährt ein gut eingerichtetes Zusammenleben der Zöglinge in Seminarien am sichersten. Es wurde daher für die Bildungsanstalten der Lehrer die Einrichtung des Internates als Regel angenommen und sind darauf die Disciplinarvorschriften gebaut. Im Ganzen hat sich auch diese Einrichtung dermaßen bewährt, daß man mit Sicherheit sagen kann, es werde davon nicht abgegangen werden können, ohne der Lehrerbildung einen großen Schaden zuzufügen.

Da die Frage: ob Internat? ob Externat? gegenwärtig gerade in Beziehung auf die Schullehrer-Seminarien auf der Tagesordnung steht, so will ich in Verbindung mit dem Rückblicke über die Vergangenheit des Seminars auch darüber einige Bemerkungen aufzeichnen.

Nebst dem Unterrichte, der, wie bereits mehrfach angedeutet wurde, bei richtiger Behandlung das erste Erziehungsmittel ist, gibt es noch andere, welche zur Bildung des Herzens und Charakters der Schüler von nicht geringerem Belange sind, als jenes. Das eigene Beispiel der Lehrer, ihre Art mit den Schülern zu

verkehren, die Hausordnung der Anstalt und die Art sie zu hand=
haben, die äußere Einrichtung der Anstalt, die Verpflegung der
Zöglinge, — alles dieses hat bedeutenden Einfluß auf das Ver=
halten der letztern.

Ist nun die äußere Einrichtung der Anstalt mangelhaft oder
gar schlecht, so ist das nicht nur von Nachtheil für den Unterricht,
sondern ganz besonders für die Erziehung im engeren Sinne des
Wortes. Ein Erziehungshaus bedarf keines Luxus; aber Raum,
Luft, Licht und Reinlichkeit muß es haben, sonst wird es zu einem
Ort der Plage für Lehrer und Zöglinge. In solcher übeln Lage
befand sich unser Seminar in den ersten Jahren seines Bestandes.
Die Freiheiten, welche den Schülern bei solcher Mißeinrichtung
gestattet werden müssen, damit nur ihre Gesundheit keinen Schaden
leide, verlieren den pädagogischen Werth, den sie außerdem hätten,
und werden leicht nachtheilig für die Lebensweise. Das besserte
sich allmählich mit der Erweiterung des Seminars, so daß in den
letzten Jahren die Wahrnehmung gemacht werden konnte, wie die
Schüler in dem Maße, als sie kenntnißreicher und charakterfester
wurden, auch die Ordnung des Seminars um so höher schätzten
und sich dabei nicht beengt fühlten.

Man hört gegen das Internat allerlei Bedenken erheben;
z. B. es werde durch die Beschränkungen, die es auferlege, die
Erstarkung zur Selbstständigkeit gehindert, die Heuchelei befördert,
die Gemüthsbildung verkrüppelt, Gefahr und Versuchung zu
geheimen Sünden bereitet, einer gewissen Unbeholfenheit und Un=
geschicklichkeit im Umgange mit andern nicht gewehrt u. a. m.

Diese Vorwürfe mögen alle nicht unbegründet sein, wenn das
Internat ein schlechtes ist, ein übertriebenes Absperrungssystem,
das vielleicht überdieß den Forderungen, welche an eine Erziehungs=
anstalt bezüglich der Herzens= und Gemüthsbildung gestellt werden
müssen, gar nicht Rechnung trägt. Gewiß ist es in einer solchen
Anstalt gefehlt, forcirte religiöse Uebungen zu verlangen u. dgl.
Ganz anders aber stellt sich die Sache, wenn das Internat ein
vernünftig eingerichtetes ist, d. h. nur in so weit die Zöglinge

gegen die Außenwelt abschließt, als diese ihnen schädlich wird, und andererseits den Verkehr mit derselben in so weit gestattet, als er wirkliche Vortheile gewährt.

Wer die Haus- und Disciplinar-Ordnung unseres Seminars und die Handhabung derselben kennt, der wird in unserer Erziehungsweise keine übertriebene Härte, und kein schädliches Absperrungssystem finden. Die Seminaristen kommen nicht nur durch die fast täglichen gemeinsamen Spaziergänge, durch den Besuch des Cathedralgottesdienstes an Sonn- und Feiertagen, durch den Besuch der Anlagen des Kunstgärtners Velten für die Zwecke der praktischen Landwirthschaftslehre, ferner im Sommer durch die Benützung der Schwimmschule mit andern Leuten in Verkehr, sondern sie dürfen auch täglich in den Freistunden Besuche im Seminare empfangen, und zweimal wöchentlich einzeln, ohne besondere Erlaubniß, Ausgänge in die Stadt machen. In Bezug auf den letzten Punkt heißt es in den Statuten: „Als ein Zeichen des Vertrauens wird den Seminaristen gestattet, Mittwochs und Samstags unmittelbar nach dem Essen, eine Stunde lang, auszugehen, zu dem bem Zwecke, ihre Einkäufe zu machen, Aufträge zu besorgen, oder zulässige Besuche zu machen.“ Jeder Schüler, der von dieser Erlaubniß Gebrauch machen will, hat von seinem Weggehen und von seiner Rückkehr einfache Meldung zu machen beim Hausmeister oder Portier. Daß die Schüler außerdem bei Gelegenheit eines Besuches von Seiten ihrer nächsten Anverwandten die Erlaubniß erhalten, diese zu begleiten, mit ihnen ein Glas Bier zu trinken, oder das Gasthaus zu besuchen, versteht sich so zu sagen von selbst; desgleichen aber auch, daß demjenigen, der sich durch Mißbrauch dieser Freiheiten des ihm geschenkten Vertrauens verlustig macht, eben diese Freiheiten entzogen werden. So oft ein öffentliches Concert stattfindet, das ein instructives Programm hat, dürfen die Schüler es besuchen und es wird dabei jedesmal dafür gesorgt, daß auch die ärmsten durch das zu zahlende Eintrittsgeld nicht davon abgehalten werden.

Unter solchen Verhältnissen ist das Internat nicht mehr drückend. Nur denjenigen wird es noch beengend erscheinen, welche keinen höheren Genuß kennen, als recht lange hinter dem Bierkrug zu sitzen, der Trägheit zu pflegen, unsittliche und vorzeitige Bekannt=schaften anzuspinnen und dgl. Wen die Neigung zu diesen und ähnlichen Dingen drückt und wer dabei eine Herrschaft über sein niederes Selbst nicht gewinnen will, der wird allerdings das Internat drückend finden, zugleich aber auch den Beweis liefern, daß er zum Erzieher der Jugend nicht taugt. Wer dagegen einigen guten Willen mitbringt, der wird durch das geregelte Leben des Internats, durch den darin waltenden Wetteifer für die Angelegen=heiten des Berufes im Guten befestigt, und kann nach dem Aus=tritte aus demselben viel leichter die Proben des Lebens bestehen.

Man hat gesagt: „im Strome des Lebens, da bilden sich die Charaktere." Ich sage dagegen: bevor man sich in den offenen Strom stürzt, geht man zuerst in die Schwimmschule. Wenigstens bleibt dieses die Regel. Daß sich einer, ohne vorangegangene Uebung und Schule in den Strom geworfen, flott erhält, ist die Ausnahme.

Man denkt sich das Externat in einer idealen Weise, wie es nie und nimmer vorkommt, und auch nicht einmal annähernd in der Wirklichkeit herzustellen ist. Es ist eine schöne Sache, einen Schüler oder Studenten aufgenommen zu wissen in das Familien=leben wohlgebildeter Leute, wo man nicht nur eine reine Sprache spricht und sich der Höflichkeit befleißt, sondern auch reine Sitte übt und jede Tugend pflegt, insbesondere Fleiß und Ordnungsliebe. Wo finden nun aber die armen Jungen vom Lande geschwind diese Familien? In wie vielen Häusern, die für's Geld die Ver=pflegung junger Leute übernehmen, ist eine bessere Anregung zum Guten, als in einer guten Anstalt? Seitdem das bischöfliche Knabenseminar dahier errichtet ist, bemühten sich nicht wenige Eltern darum, ihre Söhne, die durchaus nicht für das Studium der Theologie bestimmt waren, in dasselbe aufnehmen zu lassen, weil es schwierig ist, Häuser zu finden, in welchen die jungen Leute auch für schweres Geld, nebst der leiblichen Pflege diejenigen geistigen Vortheile wirklich finden, die sich die Gegner des Internates so schön ausmalen. Denke ich mir unsere Seminaristen als externe Schüler, wie sie vom Lande daherkommen, unerfahren, oft noch sehr unerzogen, manchmal schon recht ungezogen, in einer Lebensperiode, wo allerlei unklare Regungen leicht die Köpfe verwirren, und Leidenschaften erwachen, dazu mit der Aussicht in verhältnißmäßig kurzer Zeit eine Stellung und Versorgung zu gewinnen — so kann ich nicht anders, als das Externat für sie für höchst gefährlich und verderblich zu erklären. Das Leben bringt unter allen Verhältnissen Versuchungen und Gefahren genug, an welchen der Mensch seine sittliche Kraft und Tugendtreue erproben kann; aber junge Leute in unnöthige Gefahren versetzen und ihnen die Versuchung so zu sagen selbst bereiten, das ist ein Zeichen von Mangel an Liebe und pädagogischer Weisheit.

Beim Rückblicke auf die Vergangenheit unseres Seminars kann ich mit Befriedigung sagen, daß die Ergebnisse der gehandhabten Zucht in dem Maße erfreulicher waren, als die äußere Einrichtung des Seminars eine genügendere wurde.

Einen großen Theil dieses günstigen Ergebnisses schreibe ich dem männlich ernsten, zuverlässigen, consequenten und gründlich wohlwollenden Charakter und Benehmen meines Seminarpräfecten und Freundes, des Herrn L. Zeller zu, der zwar an unserm Jubiläumsfeste sein Walten an der Anstalt als das Polizeiregiment derselben bezeichnete, aber gerade durch die heitere Art wie er dieses that, und die feine Anwendung, die er davon auf das Walten der Lehrersfrauen machte, den Beweis lieferte, daß auch bei ihm zur rechten Zeit freundliche Milde eintrete, wenn der Ernst nicht nöthig ist oder seine Wirkung gethan hat.

Bevor ich schließe, mögen hier noch zwei Aussprüche verzeichnet werden, von welchen der eine das politische, der andere das rein sittliche Gebiet betrifft. Meine Schüler haben diese Aussprüche zwar öfters gehört und werden sich derselben auch ohne diese Zeilen erinnern; doch schadet es nichts, etwas Bekanntes, wenn nur Gutes, auch Schwarz auf Weiß zu sehen, da ja so viel, nicht nur Unnützes, sondern sogar Verderbliches, gedruckt und auch gelesen wird. Gute Erinnerungen sind zudem nicht blos Material für das Gedächtniß, geschöpft aus der Vergangenheit, sondern auch Anregungsmittel für den Willen, bestimmt für die Zukunft.

Das Erste. Der Lehrer ist auch Staatsbürger und hat als solcher seine Rechte und Pflichten. In politisch aufgeregten Zeiten, wie im Jahre 1848/49, geschieht es leicht, daß man die politischen Rechte verkehrt auffaßt und darstellt. Hiedurch werden die Köpfe leicht dermaßen verwirrt, daß manche ihre politischen Pflichten, auch die allerklarsten, ganz vergessen. Da gibt es nun einen heillosen Wirrwarr. Dieser wird um so verderblicher, wenn gerade diejenigen das Beispiel der Pflichtvergessenheit geben, welche dazu da sind, durch Wort und That Andere zur Erfüllung der Pflicht zu ermuntern. — Man sah in der vorhin bezeichneten Zeit Vieles, was auf ungesetzliche Bahnen hintrieb. Da sagte ich nun meinen Schülern, den damaligen und gelegentlich auch früheren:

„Man hält die Lehrer für gescheidt genug, daß man sie zu etwas brauchen kann; aber man hält sie auch für dumm genug, daß sie sich zu etwas gebrauchen lassen."

Das Erstere war schmeichelhaft für die Lehrer. Was den zweiten Theil jener Meinung betrifft, so hat man, bezüglich unserer Lehrer, so ziemlich fehlgeschossen. Nur wenige haben sich, ihrem Berufe zuwider, zu ungesetzlichen politischen Agitationen hergegeben. Im Seminar wurde, trotz schlimmer Einflüsse von außen, die Disciplin aufrecht erhalten.

Das zweite Wort, welches meine Schlußerinnerung bildet, ist sehr allgemeiner Natur und liegt in den Worten der Schrift: „Der Weisheit Anfang ist die Furcht des Herrn". So oft ich hörte, wie manchmal jüngere Lehrer in Mißgeschick geriethen und nach den Ursachen forschte, fand ich gewöhnlich, daß sie sich ihre üble Lage selbst bereiteten durch Thorheiten aller Art. Das Leben ist zwar nirgends hienieden ein Paradies und überall gibt es Plagen; aber die zahlreichsten und härtesten sind doch die, welche sich der

Menſch ſelbſt verurſacht durch ſeine eigene perſönliche Schuld. Wenn nun gegen jedes beſondere Uebel ein ſpecifiſches Heilmittel oder beſſer Präſervativmittel zu wünſchen iſt, ſo iſt dieſes gewiß auch den Thorheiten gegenüber der Fall, denen insbeſondere unſere angehenden Schulmänner leicht ausgeſetzt ſind. Da liegt nun in dem obigen Satze aus den heiligen Büchern ein Mittel nicht nur gegen eine, ſondern gegen jede Art der Thorheit, und damit zugleich ein Präſervativ gegen ein ganzes Heer der Leiden. Es hat gar vielen meiner Schüler eingeleuchtet, und gewiß auch ſpäter noch ſeine Kraft bewährt, wenn ſie es willig aufnahmen in folgender Form:

„Die Furcht des Herrn bewahrt vor jeder Thorheit".

VII.
Die Zöglinge.

Als Anhang soll hier das Verzeichniß der Seminaristen beigegeben werden. Ein nacktes Namensverzeichniß hat freilich wenig Interesse. Doch dürfte auch dieses manchem willkommen sein, da die Jahresberichte der Anstalt nicht gedruckt und besonders veröffentlicht werden. Durch Beifügung der Verwendung eines jeden Zöglings nach seinem Austritt aus dem Seminare, durch Notizen über seine ferneren Lebensschicksale u. s. w. ließe sich eine interessante Statistik aufstellen. Auch könnte ich viele Personalien über meine Schüler erzählen, heitere und ernste. Doch diese Dinge eignen sich nicht für die Oeffentlichkeit, und jene sind nicht leicht mit gehöriger Vollständigkeit zusammen zu bringen. Darum die Beschränkung auf Zahl und Namen.

Im Jahre 1839, bei Eröffnung des Seminars, traten aus dem untern Curse des Seminars zu Kaiserslautern in den obern zu Speyer aufsteigend, folgende Zöglinge ein:

1. Eckler, Franz, von Imsbach.
2. Engel, Peter, von Otterberg.
3. Frey, Joh., von Oberotterbach.
4. Grentz, Jacob, von Ensheim.
5. Hoffmann, Frz., v. Moorlautern.
6. Hoffmann, Hr., v. Moorlautern.
7. Kiefer, Wilh., von Winnweiler.
8. Külbs, Martin, von Iggelheim.
9. Leonhard, Simon, v. Gleisweiler.
10. Maginot, Nicol, v. Eppenbrunn.
11. Mauß, Joh. Karl, v. Niederwürzb.
12. Messemer, Lorenz, v. Schallodenb.
13. Metz, Joh., v. Herxheimweyher.
14. Molitor, Osw., v. Reistenhausen.
15. Molitor, Rob., v. Reistenhausen.
16. Ostermann, Egobert, v. Elmstein.
17. Ottnab, Michael, von Herxheim.
18. Peisch, Christian, von Lohnsfeld.

19. Rohr, Ignaz, von Otterstadt.
20. Schwaab, Philipp, von Zeiskam.
21. Stein, Ludwig, von Leimen.
22. Stockmaier, Heinr., v. St. Mart.
23. Wanger, Joh., v. Beindersheim.
24. Zahm, Peter, von Walsheim.

In den unteren Cursus vom Jahre 18³⁹/₄₀ wurden aufgenommen:

1. Altherr, Peter, von Ramstein.
2. Baron, Jacob, von Maikammer.
3. Bast, Joseph, von Kaiserslautern.
4. Becker, Jacob, von St. Ingbert.
5. Berkes, Philipp, von Ottersheim.
6. Bock, Joseph, von Obernburg.
7. Böhmer, Jacob, v. Mundenheim.
8. Dewald, Johann, von Walbsee.
9. Fischer, Joseph, v. Friedelsheim.
10. Goll, Johann, von Erfweiler.
11. Hast, Ludwig, von Gödlingen.
12. Hesch, Gg. Peter, von Olsbrücken.
13. Koch, Dominic., v. Mundenheim.
14. Lang, Andr., von Ommersheim.
15. Lutz, Joseph, von Otterstadt.
16. Magin, Adam, v. Rheingönheim.
17. Müller, Friedr., von Walsheim.
18. Nikolaus, Jacob, von Ramberg.
19. Nußbaum, Joh., v. Kaiserslaut.
20. Ries, Karl, von Bergzabern.
21. Schiffmacher, Ant., v. Scheibenh.
22. Schimpf, Karl, von Hagenbach.
23. Schmitt, Nicolaus, v. Kirrweiler.
24. Weigel, Johann, von Weiher.
25. Weinritter, Michael, v. Schifferst.
26. Wittemer, Ludw., v. Rockenhauf.
27. Zöller, Johann, von Kirrweiler.

18⁴⁰/₄₁ aufgenommen:

1. Aber, Anton, von Biebesheim.
2. Avril, Friedr., v. Wattenheim.
3. Braun, Frz., von St. Martin.
4. Beilstein, Jos., v. Feilbingert.
5. Collet, Joh. Abr., v. Winnweiler.
6. Fuhrmann, Karl, v. Winnweiler.
7. Gimber, Ant., von Kerzenheim.
8. Gouthier, Phil., v. Mutterstadt.
9. Helfrich, Frz., v. Albersweiler.
10. Hendel, Andreas, v. Friedelsh.
11. Herrmann, Franz, von Berg.
12. Müller, Joh., v. Niederwürzb.
13. Rieber, Johann, von Orbis.
14. Rohr, Johann, von Walbsee.
15. Ruppert, Johann, v. Reinheim.
16. Schwaab, Friedr., v. Kallstadt.
17. Stöckel, Jacob, v. Diebesfeld.
18. Stuckert, Karl, v. Rockenhausen.
19. Thirolf, Nicol., v. Maikammer.
20. Tretter, Ludwig, von Berbach.
21. Urban, Anton, v. Klingenmünst.
22. Wolfer, Nicolaus, von Eschbach.

18⁴¹/₄₂:

1. Balli, Jacob, von Feilbingert.	12. Mayer, Mart., von Herxheim.
2. Buckel, Peter, von Inxheim.	13. Mühe, Karl Ludw., v. Knittelsh.
3. Eib, Heinrich, von Obermoschel.	14. Schiefer, Ludw, von Fehrbach.
4. Grau, Adam, von Mörlheim	15. Schiffmacher, Ph. J., v. Scheib.
5. Hesch, Max. Jos., v. Lohnsweiler.	16. Schmitt, Jacob, von Hasel.
6. Kappler, Phil., v. Hütschenhauf.	17. Schreck, Frz., v. Lohnsweiler.
7. Kempf, Johann, v. Ormesheim.	18. Schwarz, Peter, von Klingen.
8. Klühenspies, Frz., von Landau.	19. Schwarzmann, Gust., v. Speyer.
9. Kreitz, Michael, v. St. Ingbert.	20. Spies, Joh., von Würzweiler.
10. Leick, Peter, von Kirchheimbol.	21. Trauth, Daniel, von Herxheim.
11. Linzenmeier, Jac., v. Duttweil.	22. Walter, Adam, von Oppau.

18⁴²/₄₃:

1. Becht, Valentin, v. Steinweiler.	13. Rab, Joseph, von Arzheim.
2 Braun, Michael, von Ramberg.	14. Sabathné, Joh., von Wachenh.
3. Gerstle, Joh., v. Schwebelbach.	15. Scholly, Frz., v. Albersweiler.
4. Glaß, Konrad, v. Winnweiler.	16. Schwarzmann, M. J. v. Speyer.
5. Horländer, Joh, v. Dubenhofen.	17. Sommer, Joh., von Jggelheim.
6. Karch, Pet., v. Reipoltskirchen.	18. Stripf, Johann, von Schaidt.
7. Kiehlmeier, Gg., von Ramberg.	19. Trauth, Joseph, von Herxheim.
8. Knauber, Daniel, v. Göllheim.	20. Wahrheit, Jac., v. Ormesheim.
9. Leibrecht, Frz. Jac., v. Mörzh.	21. Weirich, Jac., von Breitenbach.
10. Meckes, Frz., von Maikammer.	22. Wiehn, Karl, von Contwig.
11. Rieberer, Peter, v. Büchelberg.	23. Wörner, Adolph, v. Rottenberg.
12. Reinhardt, Jac., v. Niederkirch.	

18⁴³/₄₄:

1. Baade, Peter, von Göllheim.	6. Flory, Jos. Bapt. Eb., v. Speyer.
2. Blum, Georg, von Kaiserslaut.	7. Groos, Friedr., v. Würzweiler.
3. Denig, Frz. Pet., v. Rockenhauf.	8. Grünewald, Pet., v. Hanhofen.
4. Dornes, Jos. Heinr., v. Sippersf.	9. Guckenbiehl, Joh., v. Moorlaut.
5. Drexel, Joseph, von Jrxheim.	10. Hall, Nicolaus, von Bolandet.

11. Hammer, Joh., v. Fußgönheim.
12. Hofmann, Math., v. Ommersh.
13. Janz, Anton, v. Rheingönheim.
14. Jöckle, Eduard, von Schaidt.
15. Just, Adam, von Kübelberg.
16. Karr, Jos. Adam, v. Deidesheim.
17. Keßler, Sebast., von Blieskastel.
18. Krell, Jacob, von Schaidt.
19. Kronenberger, Ph., v. K.-Boland.
20. Kunkel, Gg., von Waldaschaff.
21. Luxenburger, Joh., v. Eisweiler.
22. Matheis, Johann, v. Robalben.

23. Mayer, Joh. Sim., v. Burrweil.
24. Poth, Heinr. Sim., v. Burrweil.
25. Reiland, Michael, v. Kindsbach.
26. Reinig, Ludwig, von Kirrweiler.
27. Schwarz, Jos., v. Bruchweiler.
28. Schwing, H., v. Weißenh. a. S.
29. Sommer, Franz, von Iggelheim.
30. Straßer, Jacob, von Edesheim.
31. Straub, Georg, von Stetten.
32. Walbecker, Peter, von Kusel.
33. Wannenmacher, Pet., v. Omersh.

1 8 ⁴⁴/₄₅ :

1. Baumgarten, Ph., v. Kapsweyer.
2. Brauner, Nic., von Gödlingen.
3. Bullacher, Frz., von Homburg.
4. Debs, Michael, von Leystadt.
5. Doll, Albert, von Bergzabern.
6. Donauer, Mich., v. Jettenbach.
7. Elffner, Mich., v. Friedelsheim.
8. Fluck, Thomas, v. Niederkirchen.
9. Gatting, Gg. Heinr., v. Essingen.
10. Henn, Georg, von Stetten.
11. Herrmann, Jac., von Winningen.
12. Jacob, Georg, v. Ruppertsberg.
13. Kaufmann, Joh., v. Lambsheim.

14. Keller, Gg., von Ruppertsberg.
15. Lemaire, Wilh., v. Kaiserslaut.
16. Möser, Michael, von Eusserthal.
17. Müller, Gg. Roch., v. Alsterweil.
18. Müller, Mathäus, v. Arzheim.
19. Neumann, Bernh., v. Bergzabern.
20. Reeb, Jacob, von Rodenhausen.
21. Ritter, Gg. Heinr., v. Ramberg.
22. Schmelzle, Friedr., v. Homburg.
23. Schmitt, Kilian, von Kirrweiler.
24. Seitz, Conrad, von Oppau.
25. Spieß, Adreas, von Dernbach.
26. Zimmer, Frz. Jac., v. Hohenöll.

1 8 ⁴⁵/₄₆ :

1. Baumgarten, Joh., v. Kapsw.
2. Böhm, Peter, von Bellheim.
3. Dietrich, Adam, von Kottweiler.
4. Eyer, Frz. Jos., v. Dubenhofen.

5. Forthuber, Pet., v. Frankenthal.
6. Fuchs, Gg. Philipp, von Hördt.
7. Graf, Gg. Friedr., v. Schönau.
8. Graff, Joh. Georg, von Landau.

9. Hed, Johann, von Gönnheim.
10. Hemberger, Eb., von Hainfeld.
11. Hillenbrand, Gg., v. Otterstadt.
12. Kempter, Joh., von Otterberg.
13. Klier, Johann, von Otterstadt.
14. Korth, Jacob, v. Großkarlbach.
15. Korz, Franz, von Bingert.
16. Kuhnel, Ludw., von Freinsheim.
17. Künell, Franz, v. Frankenthal.
18. Kronenberger, Joh., v. Kirchhb.
19. Leibfried, Georg, von Frankenth.
20. Leininger, Gg. Mich., v. Edesh.
21. Leiser, Heinr., von Meckenheim.
22. Luxenburger, Joh., v. Peppenk.
23. Märbian, Frz. Jos., v. Knittelsh.
24. Mayer, Peter, von Erbach.
25. Müller, Andr., von Hagenbach.
26. Pfeiffer, Karl, v. Oberelchingen.
27. Regnault, August, von Speyer.
28. Rösel, Adam, von Trippstadt.
29. Schmitt, Joh., von Heiligenstein.
30. Siener, Franz, von Arzheim.
31. Stamer, Jacob, von Haßloch.
32. Stützel, Philipp, v. Sausenheim.
33. Tiator, Joseph, von Ramberg.
34. Wilhelmi, Friedr., von Oggersh.

1 8 ⁴⁶/₄₇ :

1. Arnold, Franz, von Wattenheim.
2. Dell, Martin, von Schauernh.
3. Tirion, Georg, von Dürkheim.
4. Fuhrmann, Gust., v. Winnweil.
5. Gain, Wilhelm, von Ruppertsb.
6. Görger, Michael, von Schaidt.
7. Geßner, Johann, von Ruchheim.
8. Hallbach, Math., v. Homburg.
9. Helfrich, Georg, von Robalben.
10. Hoffmann, Georg, von Lachen.
11. Jäger, Joh., v. Münchweiler.
12. Kammerer, Jac., v. Berghausen.
13. Kuhn, Gg. Friedr., von Hayna.
14. Laforce, Thom., v. Schifferstadt.
15. Maupai, Ludwig, v. Kirchheimb.
16. Metz, Wilhelm, von Zell.
17. Moßbacher, Karl, v. Deidesh.
18. Müller, Jacob, von Weilerbach.
19. Müller, Jos., von Oberhausen.
20. Schwaab, Wilh., von Kallstadt.
21. Seib, Joseph, von Mutterstadt.
22. Stöckel, Franz, von Maikammer.
23. Straub, Anton, von Stetten.
24. Werner, Heinr., v. Ruppertsberg.
25. Zehfuß, Jacob, von Iggelheim.
26. Zöller, Jacob, von Kirrweiler.

1 8 ⁴⁷/₄₈ :

1. Baron, Georg, von Pirmasens.
2. Becker, Karl, von Landau.
3. Bonn, Sebast., von Mußbach.
4. Braun, Lorenz, von St. Martin.
5. Brumm, Mart., v. Albersweil.
6. Feuerstein, Frz., von Harpheim.
7. Fischer, Johann, von Landau.
8. Forler, Pet. Ad., von Hauhofen.

9. Grau, Christ., von Pirmasens.
10. Günther, Joh., v. Wattenheim.
11. Hauck, Joh., von Knittelsheim.
12. Haus, Jacob, von Geinsheim.
13. Hinkelbein, Gg. Ab., v. Bellheim.
14. Jacob, Nicolaus, von Bolanden.
15. Janson, Jacob, von Bubenheim.
16. Just, Jacob, von Kübelberg.
17. Klaus, Nicol., v. Niederkirchen.
18. Martin, Nic., v. Ruppertsberg.
19. Matz, Wilh., von Berghausen.
20. Mexal, Georg, von Hanhofen.
21. Miebel, Nicol., v. Oberwürzbach.
22. Pfaff, Frz. Jos., von Duttweiler.
23. Ries, Niolaus, von Erfweiler.
24. Rindfleisch, Gg., von Mörlheim.
25. Rüttger, Frz., v. Neuleiningen.
26. Schmülbers, Ab., v. Harsberg.
27. Schnetzer, Pet., v. Niederhochst.
28. Schönung, Mich., v. Geinsheim.
29. Spohn, Joseph, von Alschbach.
30. Stahlschmitt, Joh., von Roth.
31. Stubenrauch, Franz, v. Kandel.
32. Weber, Peter, v. Martinshöhe.
33. Wiehn, Peter, von Contwig.
34. Würth, Anbreas, von Insheim.

18 ⁴⁸/₄₉:

1. Allgayer, Jos., v. Niederwürzb.
2. Back, Ludwig, von Kusel.
3. Behlen, Jacob, von Göllheim.
4. Böbigheimer, Jos., v. Dubenhof.
5. Böhmer, Nic., v. Mundenheim.
6. Day, Franz, von Frankenthal.
7. Deffaa, Kasp., von Lambsheim.
8. Dürr, Joh. Gg., von Trippstadt.
9. Eichelmann, Heinr., v. Delbesh.
10. Eichenlaub, Seb., v. Mörlheim.
11. Flory, Abrian, v. Hettenleibelh.
12. Frohnheiser, Joh. Bapt., v. Arzh.
13. Gleßgen, Nicol., v. Gräfenhauf.
14. Matheis, Mart., v. Bürrweiler.
15. Siener, Wenbel, v. Arzheim.
16. Schellenschmitt, Gg., v. Meckenh.
17. Schill, Karl, v. Imsweiler.
18. Schmitt, Heinr., v. Duttweiler.
19. Schmitt, Joh. Mich., v. Kirrweil.
20. Schneider, Jac., v. Oberhausen.
21. Schwarz, Joh. Ph., v. Stetten.
22. Tretter, Pet. Gustav, v. Bexbach.
23. Walbschmitt, Mich., v. Benning.
24. Weis, Aloys, v. Landau.
25. Werst, Johannes, v. Börrstadt.
26. Wilhelmi, Abalb., v. Oggersh.

18 ⁴⁹/₅₀:

1. Bescher, Jacob, v. Stetten.
2. Bolz, Karl Ludw., v. Venningen.
3. Braun, Sebast., v. Roschbach.
4. Dalkert, Karl, v. Rötzheim.
5. Dieben, Christian, v. Ebernburg.
6. Dienes, Karl, v. Kapsweyer.
7. Dietz, Hieronym., v. Niederkirch.
8. Eschbacher, Mich., v Hainfeld.

9. Fischer, Johannes, v. Roschbach.
10. Fremgen, Jacob, v. Petersberg.
11. Gutting, Wilh , v. Niederhöchst.
12. Hast, Friedr. Konr., v. Gödtg.
13. Hendel, Peter, v. Friedelsheim.
14. Henrich, Karl, v. Reichenbach.
15. Junker, Heinrich, v. Trippstadt.
16. Lieb, Michael, v. Landstuhl.
17. Massa, Jacob, von Neustadt.
18. Mayer, Heinrich, v. Knopp.
19. Merkert, Jacob, v. Ingenheim.
20. Mork, Christoph, v. St. Alban.

21. Platz, Eugen, v. Niederkirchen.
22. Reichert, Jac , v. Martinshöhe.
23. Schneider, Valentin, v. Knopp.
24. Schönung, Karl, v. Lindenberg.
25. Seibert, J. Julius, v. Hayna.
26. Seither, Daniel, v. Rülzheim.
27. Stark, Adam, v. Minfeld.
28. Straßer, Chr Ign., v. Hablirch.
29. Wendel, Phil , v. Winnweiler.
30. Wilhelm, Gg. Chr., v. Mailam.
31. Wolf, Peter, v. Aßweiler.
32. Zahm, Joseph, v. Kübelberg.

1 8 50/51 :

1. Altschuh, Sebast., v. Rechtenbach.
2. Barth, Johann, von Biesingen.
3. Brandstätter, Jb., v. Niederberb.
4. Chelius, Daniel, v. Heltersbg.
5. Eimer, Phil., v. Großkarlbach.
6. Engel, Pet. Adam, v. Weilerb.
7. Faust, Nicol., v. Nöbersheim.
8. Fischer, Jacob, v. Mebelsheim.
9. Gatting, Andreas, v. Essingen.
10. Geier, Karl, von Neuleiningen.
11. Herrmann, Ludwig, von Berg.
12. Kuntz, Michael, von Erlenbach.
13. Leibfried, Heinr., v. Frankenth.

14. Müller, Johs., v. Alsterweiler.
15. Ranker, Karl von Kübelberg.
16. Reithmayer, Friedr., v. Grünst.
17. Ruffing, Karl, v. Niederberbach.
18. Rupertus, Franz, v. Landstuhl.
19. Schneider, Karl Pet., v. Trippst.
20. Schreck, Joseph, v. Königsbach.
21. Schuck, Jacob, v. Mackenbach.
22. Schuhmacher, Seb., v. Mailam.
23. Strack, Wilh., v. Morschheim.
24. Thürwanger, Lud., v. Gersheim.
25. Wehenkel, Joseph, v. Bobenheim.
26. Wolf, Michael, v. Ingenheim.

1 8 51/52 :

1. Barth, Otto, von Reinheim.
2. Berg, Jacob, von Ilbesheim.
3. Bonn, Fr. Theodor, v. Weyher.
4. Bortscheller, Karl, v. Martinsh.
5. Busch, Phil., von Sausenheim.

6. Eichenlaub, August, von Stein.
7. Franger, Georg, v. Lamsheim.
8. Fuß, Karl, von Sausenheim.
9. Garrecht, Joh. Jac., v. Offenb.
10. Gieß, Johann, von Hochstell.

11. Helck, Ludwig, v. Weilerbach.
12. Henrich, Karl L., v. Bruchmühlb.
13. Henrich, Wilh., v. Reichenbach.
14. Herrmann, Jacob, v. Heßheim.
15. John, Philipp, von Ramstein.
16. Keller, Wilhelm, v. Burgalben.
17. Keßler, Jacob, von Hassel.
18. Kreiner, Lorenz, v. Freimersh.
19. Luxenburger, Frz., v. Erfweiler.
20. Maupai, Rudolph, v. Kirchhmb.
21. Mayer, Joh., v. Kleinbockenh.

22. Ritter, Joseph, von Ramberg.
23. Röhrig, Karl, v. Kaiserslautern.
24. Rosinus, Jacob, v. Steinbach.
25. Scharffenberger, Ed., v. Lingenf.
26. Schlabeck, Georg, v. Börrstadt.
27. Serr, Otto, von Pirmasens.
28. Unolb, Frz. Jos., v. Mutterstadt.
29. Weiß, Nicolaus, von Böhl.
30. Wesel, Heinrich, v. Dudenhofen.
31. Wolfer, Joh. Gg., v. Harthausen.
32. Wolff, Peter, von Rülzheim.

$$1\ 8\ ^{52}/_{53}:$$

1. Barth, Joh. Frz., v. Rubenheim.
2. Diehl, Joh., von Gerolsheim.
3. Dörzapf, Val., von Ottersheim.
4. Geimer, Joh., v. Schmittweiler.
5. Gschwend, Jos., v. Grünstdt.
6. Kempf, Andreas, v. Ormesheim.
7. Linzenmeier, Jh., v. Duttweiler.
8. Matt, Wendelin, von Landau.
9. Meckes, Karl, von Elmstein.
10. Mohr, Matthias, v. Landstuhl.
11. Pfeiffer, Fr. Christ., v. Lohnsf.
12. Philipp, Jos., von Fohrbach.
13. Ramsayer, Joh., v. Dirmstein.

14. Reiter, Karl Jos., v. Kallstadt.
15. Rösel, Philipp, v. Trippstadt.
16. Roth, Franz, von Erbach.
17. Sauter, Mart., v. Erzenhausen.
18. Schlick, Friedr., v. Rockenhausen.
19. Schneider, Joh. Bpt., v. Geinsh.
20. Schulz, Peter, v. Mittelberbach.
21. Seibel, Xaver, v. Münchweiler.
22. Stahl, Heinrich, v. Kirchheimb.
23. Tresch, Mich., von Grünstadt.
24. Wagner, Joh., v. Neualtheim.
25. Winstel, Jos., von Rülzheim.

$$1\ 8\ ^{53}/_{54}:$$

1. Baron, Karl, v. Maikammer.
2. Cammisar, Gg., v. Leimersheim.
3. Dell, August, von Göllheim.
4. Dell, Johann, von Höringen.
5. Dürr, Philipp, von Trippstadt.
6. Folz, Reinhard, von Dürkheim.

7. Gaffga, Joh., v. Martinshöhe.
8. Gräff, Jacob, von Hainfeld.
9. Hettesheimer, Karl, v. St. Ingb.
10. Hilz, Joseph, von Freinsheim.
11. Kästel, Michael, von Geinsheim.
12. Kiefer, Heinrich, v. Kübelberg.

13. Krauß, Nicolaus, v. Weilerbach.
14. Leberer, Jacob, von Edenkoben.
15. Letterle, Johann, v. Börrstadt.
16. Lutz, Valentin, v. Venningen.
17. Mathis, Kaspar, v. Eschringen.
18. Nippgen, Jac., v. Neuleiningen.
19. Roch, Eduard, v. Schwanheim.
20. Scherpf, Andreas, von Speyer.
21. Schmülbers, Joh., v. Vinningen.
22. Spanier, Mich., v. Trippstadt.
23. Stamer, Wilhelm, von Haßloch.
24. Trösch, Jos., v. Niederschlettenb.
25. Wahl, Johann, von Böhl.
26. Wassemer, Fz. J., v. Liebesfeld.
27. Wilhelm, Nic., v. Maikammer.
28. Woll, Franz, v. St. Ingbert.
29. Wettmann, Lud., v. Birkenfeld.

18 $^{54}/_{55}$:

1. Balbauf, Aug., v. Martinshöhe.
2. Boltz, Franz Mich., v. Hördt.
3. Buchheit, Adam, v. Seyweiler.
4. Cronauer, Fr. Ign., v. Neustadt.
5. Danner, Albert, von Homburg.
6. Dietrich, Aug., v. Bobenheim.
7. Garb, J. Bapt., v. Ruppertsb.
8. Gehrig, Theodor, v. Dürkheim.
9. Grammling, Fz., v. Kleinfischl.
10. Heiter, Wilh., v. Germersheim.
11. Henrich, Jac., von Reichenbach.
12. Kast, Johannes, v. Mörzheim
13. Klotz, Peter, von Mörsch.
14. Lieb, Anton, von Landstuhl.
15. Niederreuther, Gg., v. Mölschb.
16. Orth, Stephan, von Bellheim.
17. Rieff, Matthäus, von Ungstein.
18. Schmitt, August, von Brücken.
19. Schmitt, Jacob, v. Landstuhl.
20. Schuler, Georg, von Landstuhl.
21. Seiter, Jac., v. Gossersweiler.
22. Steger, Gg. Chr., v. St. Martin.
23. Strubel, Joh., von Iggelheim.

18 $^{55}/_{56}$:

1. Argus, Valentin, v. Hambach.
2. Baaber, Joh. Ph., v. Albisheim.
3. Blaß, Philipp, v. Kirchheimb.
4. Bortscheller, Jac., v. Niedermohr.
5. Dauscher, J. Ph., v. Kirchheimb.
6. Edel, Karl, von Zweibrücken.
7. Eyer, Georg, von Mundenheim.
8. Fauft, Matth., v. Dietersdorf.
9. Haud, Jacob, von Diebesfeld.
10. Hof, Adam, von Wattenheim.
11. Hugo, Nicol., von Bornheim.
12. Immetsberger, A., v. Schwedelb.
13. Köhl, Theobald, v. Oberberbach.
14. Kronenberger, Sm., v. Kirchhmb.
15. Nägle, Thomas, v. Annweiler.
16. Rauch, Vitus, v. Wachenheim.
17. Rohr, Georg, von Rohrbach.
18. Schäffler, Phil., von Sembach.

19. Schüdler, Peter, v. Oberndorf.
20. Seibel, Karl, von Münchweiler.
21. Simon, Rupert, v. Wachenheim.
22. Spies, Ludwig, v. Würzweiler

23. Spieß, Michael, von Dernbach.
24. Vogt, Heinr., v. Mundenheim.
25. Wassemer, Karl, v. Diebesfeld.
26. Weis, Jacob, von Birkenfeld.

1 8 56/57 :

1. Abler, Christian, von Hambach.
2. Abrian, Jac., v. Beinbersheim.
3. Bayer, Nicol., v. Eppenbrunn.
4. Becker, Joseph, v. Medelsheim.
5. Burgay, Peter, von Göllheim.
6. Deck, Gabriel, v. Röbersheim.
7. Eisenbarth, Wilh., v. Lambsh.
8. Eisenbiegler, Lud., v. Geinsheim.
9. Fuß, Johann, von Lambsheim.
10. Geörger, Ludwig, von Schaibt.
11. Graß, Karl, von Mittelberbach.
12. Haag, Karl, von Rastadt.
13. Harbart, Frz., von Harthausen.
14. Henrich, Jul., von Reichenbach.
15. Lehnhard, Anbr., v. Schwebelb.

16. Leibner, Johann, von Esthal.
17. Mattern, Johann, von Böhl.
18. Maurer, Jacob, von Bechhofen.
19. Ochs, Peter, von Labach.
20. Pasquay, Pet., von Eusserthal.
21. Perignon, Jos., von Landstuhl.
22. Pfaff, Joh. Ph., v. St. Martin.
23. Scherer, Ludwig, von Arzheim.
24. Schimpf, Aug., von Rülzheim.
25. Schlabeck, Jac., v. Weilerbach.
26. Etrack, Joh., von Morschheim.
27. Trunk, Jacob, von Grünstadt.
28. Wilhelm, Karl, v. Maikammer.
29. Wolfer, Michael, v. Harthausen.

1 8 57/58 :

1. Bauer, Karl, von Erbach.
2. Bregel, J. Lorenz, v. Ramsen.
3. Dausch, Peter, von Eschbach.
4. Dietrich, Joh., v. Kollweiler.
5. Fischler, Peter, von Kindsbach.
6. Glaser, Martin, von Seebach.
7. Graß, Joh., v. Schallodenbach.
8. Hauck, Johann, von Mobalben.
9. Heist, Aug. Karl, von Landau.
10. Hilz, Franz, von Freinsheim.

11. Kugler, Eduard, v. Königsbach.
12. Kuhn, Conrad, v. Lambsheim.
13. Kunz, Ludwig, von Herzheim.
14. Lohr, Ludwig, von Berg.
15. Maurer, Ph. Pet., v. Contwig.
16. Paillet, Friedrich, von Oppau.
17. Rapp, Ludwig, von Berg.
18. Resser, Jacob, von Germersh.
19. Rieber, Johann, von Insheim.
20. Rief, Karl, Ludw., v. Eusserth.

21. Schlappert, Jof., v. Großkarlb. | 24. Schuul, Jacob, von Roth.
22. Schnabel, Frz., von Kirrweiler. | 25. Wolf, Adam, von Schwebelbach.
23. Schmitt, J. Friedr., v. Duttweil. |

1 8 58/59 :

1. Cammisar, Edm., v. Leimersh. | 15. John, Adam, von Ramstein.
2. Damen, Ludw., v. Ottersheim. | 15. Keiler, J. M. A., v. Wollmesh.
3. Demolet, Ludw., von Essingen. | 16. Kirschenheuter, Joh., v. Horbach.
4. Diehl, Karl, von Großbockenh. | 18. Klein, Adam, v. Dubenhofen.
5. Dietrich, Mich., von Westheim. | 19. Klein, Peter, von Robalben.
6. Törzapf, Joh., von Ottersheim. | 20. Lehr, Karl, von Bodenheim.
7. Druck, Karl Pet., v. Trippstadt. | 21. Nagel, Joh. Ab., v. Reichb.-St.
8. Engel, August, von Landau. | 22. Rummel, Peter, von Landau.
9. Graber, Michael, von Roxheim. | 23. Schröck, Jac., von Reichenbach.
10. Haas, Karl, von Knittelsheim. | 24. Schwaab, Friedr., v. St. Mart.
11. Hammerstein, Ludw., v.Roxheim. | 25. Selsam, Ph. Pet., v. Mußbach.
12. Hansul, Heinr., v. Schweisweil. | 26. Wächter, Karl, v. Obermoschel.
13. Hummel, Val., von Hainfeld. | 27. Wagner, Wilh., von Robalben.
14. Jöckle, Joh. Otto, v. Niederotterb. | 28. Wühl, Ludw., v. Großkarlbach.

1 8 59/60 :

1. Andres, Phil., v. Knittelsheim. | 13. Kastner, Karl, von Bellheim.
2. Beyersdörfer, Frz., v. Bellheim. | 14. Klag, Jacob, von Bolanden.
3. Bößer, Joh., von Knittelsheim. | 15. Kleber, Heinr., von Bayerfeld.
4. Bumiller, Cäsar, von Wörth. | 16. Kling, Peter, von Kindsbach.
5. Dirion, Anton, von Dürkheim. | 17. Landau, Karl, von Fehrbach.
6. Fries, Peter, von Mörsch. | 18. Leibig, Michael, v. Geinsheim.
7. Garb, Karl Rob., v. Ruppertsb. | 19. Mathis, Jac., von Eschringen.
8. Griebe, Georg, von Harxheim. | 20. Mayer, Fr. Wilh., v. Ruppertsb.
9. Groß, Jacob, von Obermohr. | 21. Mozenbäcker, Jos., v. Glmmeld.
10. Heßler, August, von Kaßenbach. | 22. Mühe, Heinr., v. Knittelsheim.
11. Hoffmann, J. Pet., v. Mettlach. | 23. Natter, Mich., v. Fockenb.-Limb.
12. Kästel, Thomas, v. Geinsheim. | 24. Nothof, Ludwig, von Trippstadt.

25. Rudoloh, Chr., von Diebesfeld.
26. Schmitt, Ludwig, von Wörth.
27. Sebastian, Friedr., v. Geinsh.
28. Seibert, Wilh., von Landstuhl.
29. Walter, Gust., von Jägersburg.
30. Winstel, Gustav, von Pforz.

1 8 60/61

1. Baumann, Aloys, von Hörbt.
2. Becker, Ernst, von Wüstenfeld.
3. Becker, Joh., von Gonnesweiler.
4. Cammisar, Gg. Frdr., v. Rheinz.
5. Day, August, von Kröppen.
6. Decker, Franz, von Eschbach.
7. Eßler, Adam, von Imsbach.
8. Feth, Georg, von Insheim.
9. Henrich, Eduard, von Reichenb.
10. Henrich, Johann, von Medelsh.
11. Igel, Philipp, von Oberlustadt.
12. Kloß, Joh. Ant., v. Kirnsulzbach.
13. Kraus, Phil., von Einselthum.
14. Lauck, Gg. Mich., v. Merteshm.
15. Maginot, Gg Wilh., v. Eppenb.
16. Meiller, Joseph, von Landau.
17. Orth, Gg. Julius, v. Rülzheim.
18. Ottnad, Joseph, v. Herzheim.
19. Schüler, Jacob, von Beeden.
20. Urich, Christian, v. Merzheim.
21. Wolf, Johann, v. Wittersheim.
22. Wolff, Joseph, von Rülzheim.

1 8 61/62:

1. Böhm, Sigmund, von Hörbt.
2. Day, Jacob, von Kröppen.
3. Diehl, Karl, v. Winnweiler.
4. Dörr, Jacob, von Gleisweiler.
5. Hähn, Emil, von Wachenheim.
6. Hartmann, Alb., v. Geinsheim.
7. Lieb, Franz, von Landstuhl.
8. Mack, Franz, v. Großkarlbach.
9. Maginot, Nic., v. Eppenbrunn.
10. Mattern, Anton, v. Iggelheim.
11. Mosbacher, Fried., v. Enkenbach.
12. Müller, Jac., v. Gonnesweiler.
13. Philipp, Karl, von Fehrbach.
14. Rief, Gg. Eugen, v. Eusserthal.
15. Schulz, Jacob, v. Kirnsulzbach.
16. Schwaab, Joseph, v. Zeiskam.
17. Seiter, Joh., v. Gossersweiler.
18. Senn, J. Bpt., v. Pfaffenhofen.
19. Serr, Ludwig, v. Pirmasens.
20. Walter, August, v. Waldmohr.
21. Wieser, Georg, von Ellerstadt.
22. Wilhelm, Ant., v. Maikammer.
23. Ziegler, Georg, von Mußbach.

1 8 ⁶²⁄₆₃ :

1. Bläs, Joh. Pet., v. Ensheim.
2. Christoph, Heinr., v. Deibesh.
3. Fassot, Jacob, von Hochdorf.
4. Ferner, Albert, von Edenkoben.
5. Garb, Gg. Jos., v. Ruppertsb.
6. Haag, Jacob, v. Wittersheim.
7. Haubert, Wilhelm, v. Selbach.
8. Kaiser, Johannes, v. Mußbach.
9. Kraus, Peter, von Weilerbach.
10. Müller, Joseph, v. Weilerbach.
11. Philbius, Leop., v. Ottersheim.
12. Roth, Jacob, von Weilerbach.
13. Schneider, Peter, von Winden.
14. Schneller, Gg. Rud., v. Ramb.
15. Schreck, Wilhelm, v. Neustadt.
16. Schwalbach, Frd., v. Stambach.
17. Siener, Eduard, von Arzheim.
18. Wagner, Joh. Pet., v. Robalben.
19. Wassemer, Peter, v. Diebesfeld.
20. Weimer, Franz, v. Trippstadt.
21. Zipp, Georg, von Iggelheim.

1 8 ⁶³⁄₆₄ :

1. Andres, Nicol., von Roxheim.
2. Ball, Jacob, v. Gonnesweiler.
3. Ferg, Franz, von Ilbesheim.
4. Bischof, Jacob, v. Hambach.
5. Brossard, Karl, v. Rödersheim.
6. Dreyer, Franz, von Jockgrim.
7. Dürr, Karl, von Trippstadt.
8. Frey, Friedr., v. Weinbersheim.
9. Gläßner, Anton, v. Roxheim.
10. Hasselbeck, Jacob, v. Herxheim.
11. Henrich, Wilh., v. Mebelsheim.
12. Hirsch, Anton, v. Mühlhofen.
13. Hugo, Ludwig, von Bornheim.
14. Ißler, Andreas, v. Birkenfeld.
15. Klein, Michael, v. Rechtenbach.
16. Knecht, Michael, v. Herxheim.
17. Langhauser, G. Jos., v. Rupptsb.
18. Leibrecht, Aug., von Offenbach.
19. Mathieu, Franz, v. Weilerbach.
20. Mattern, Georg, v. Schifferstadt.
21. Müller, Ludwig, von Zeselberg.
22. Schaack, Jacob, v. Grünstadt.
23. Scheuermann, Jac., v. Kirrw.
24. Schlaubecker, L., v. Weidenthal.
25. Seibel, Jacob, v. Münchweiler.
26. Vogel, Leonhard, von Erbach.
27. Völlinger, Ant., v. Venningen.
28. Wagner, Peter, von Rohrbach.

In A. Bregenzer's Buchhandlung in Speyer sind früher erschienen und können in Partien zu ermäßigten Preisen bezogen werden:

Benz, J. B., Harmonia sacra. Gregorianische Gesänge nach dem Bedürfnisse der Kirchen in der Speyerer Diöcese, zusammengestellt theils für eine, theils für vier Stimmen mit Orgelbegleitung. Op. 4. 2. verbesserte und vermehrte Aufl. 1864. 21 Bog. 4°. fl. 4. 40 kr.

Benz, J. B., kurze dreistimmige Messe für Sopran, Tenor und Baß mit leichter Orgelbegleitung, componirt und seinen ehemaligen Schülern, jetzigen Lehrern und Organisten zugeeignet. Op. 14. Partitur und Stimmen fl. 1. 20 kr. Partitur apart 48 kr. Stimmen apart 32 kr.

Benz, J. B., Op. 8. Missa „O clemens etc." quatuor vocibus cantanda, cum Organo ad libitum, canticis ad Graduale et Offertorium adjectis. Partitur mit Stimmen fl. 3. 12 kr.; vier einzelne Stimmen fl. 1. 24 kr.

Benz, J. B., Op. 9. Messe für vier Männerstimmen mit willkührlicher Orgelbegleitung. Partitur mit Stimmen fl. 2; vier einzelne Stimmen 48 kr.

Benz, J. B., Marienlied zum 8. Säcularfest des Kaiserdoms zu Speyer vom 15.—18. August 1861. 6 kr.

Charwoche, die, in ihren Ceremonien, Gebeten und Gesängen. 2. Aufl. 8°. 6½ Bogen. Mit Passionsgesängen. 3 Bog. Br. 24 kr. Ohne Gesänge 12 kr.

Die Einweihung einer Kirche nach dem Römischen Pontificale mit Erläuterungen. Zweite verbesserte und vermehrte Auflage unter bischöflicher Gutheißung. kl. 8°. 5½ Bogen. Geb. 15 kr.

Denksprüche und Sprüchwörter für Haus und Schule von P. A. Feldbausch. kl. 8°. 10 Bogen. 24 kr.

Melodien zum Speyerer Diöcesan-Gesangbuch. Herausgegeben von Ed. Rottmanner, Domorganist, u. B. Zahm, Domvicar und Chordirigent in Speyer. Dritte vermehrte Auflage. 15 kr.

Druck von Daniel Kranzbühler in Speyer.